我的草原星光璀璨

懿小茹 著

海燕出版社
·郑州·

图书在版编目（CIP）数据

我的草原星光璀璨 / 懿小茹著. — 郑州：海燕出版社，2023.4

ISBN 978-7-5350-9156-7

Ⅰ.①我… Ⅱ.①懿… Ⅲ.①故事－作品集－中国－当代 Ⅳ.①I247.81

中国国家版本馆CIP数据核字（2023）第057270号

我的草原星光璀璨
WO DE CAOYUAN XINGGUANG CUICAN

出版人：李 勇	责任校对：王 达 屈 曦
策划编辑：李道魁	责任印制：邢宏洲
责任编辑：王茂森 王 敏	责任发行：贾伍民
美术编辑：刘 瑾	

出版发行：海燕出版社
　　　　　地　址：郑州市郑东新区祥盛街27号　邮编：450016
　　　　　网　址：www.haiyan.com
　　　　　发行部：0371-65734522　总编室：0371-63932972
经　销：全国新华书店
印　刷：河南瑞之光印刷股份有限公司
开　本：710毫米×1000毫米　1/16
印　张：15.75
字　数：200千字
版　次：2023年4月第1版
印　次：2023年4月第1次印刷
定　价：32.00元

如发现印装质量问题，影响阅读，请与我社发行部联系调换。

目录

第一卷 初心 —— 1

第 1 章　小雪豹回来了　　3
第 2 章　都好着呢　　11
第 3 章　农牧业合作社　　19
第 4 章　脱贫不是纸上谈兵　　26
第 5 章　星空下燃起篝火　　34
第 6 章　草原上的精灵　　39
第 7 章　草原深处有人家　　50
第 8 章　凤英的香皂　　56
第 9 章　宝莲的电商事业　　61
第 10 章　放在合作社里的孩子　　69

第二卷　守望　　　　　　　　　　　77

- 第 11 章　老龙的信念　　　　　79
- 第 12 章　通向远方的路　　　　86
- 第 13 章　车到山前必有路　　　91
- 第 14 章　唱一首思念的歌　　　97
- 第 15 章　一定要发货　　　　　104
- 第 16 章　风雪中出发　　　　　109
- 第 17 章　有光的地方是家　　　116
- 第 18 章　离开阿妈　　　　　　120
- 第 19 章　江源村的青年大会　　129

第三卷　成　长　　　　　　　　137

- 第 20 章　吃苹果　　　　　　　139
- 第 21 章　沉甸甸的托付　　　　145
- 第 22 章　尕龙来电话了　　　　155
- 第 23 章　老龙不见了　　　　　162
- 第 24 章　真相　　　　　　　　168
- 第 25 章　等一声"阿爸"　　　　177
- 第 26 章　求救的动物们　　　　186

第四卷　振　兴　　　　　　　　　　195

　　第 27 章　家与家园的抉择　　　197
　　第 28 章　开路　　　　　　　　203
　　第 29 章　迷路　　　　　　　　210
　　第 30 章　小雪豹　　　　　　　215
　　第 31 章　遇险　　　　　　　　218
　　第 32 章　初心　　　　　　　　224
　　第 33 章　直播带货　　　　　　227
　　第 34 章　万物复苏　　　　　　234
　　第 35 章　星光璀璨　　　　　　241

第一卷　初心

第 1 章

小雪豹回来了

"李加大叔,你知道吗?小雪豹回来了,快!就在祁主任的家里,快去快去……"

"婶子,格大婶子,小雪豹回来啦,在祁主任的家里等你呢……"

"老龙爷爷,小雪豹到处找你啊,她回来了,还当了领导咧,祁主任说她回来了,我就能上学了……"

……

小米伽骑着一匹棕色的小马驹在草原上奔驰,恨不得自己能变成一阵风,把这个好消息传到家家户户。

草原上的人家一户距离另外一户有好几百米,小马驹是小米伽的朋友,也是他的交通工具。

小米伽喘着粗气,顺手用袖子擦了一把鼻涕,脸上的高原红越来越深。

在海拔 3000 多米的草原上，每当运动剧烈的时候，他吭哧吭哧的喘气声也渐渐变大，呼出的热气被秋天的寒风吹散在旷野中。

磅礴壮丽的青藏高原，雪山逶迤，溪水潺潺，格桑花盛开，天空湛蓝如洗，闭目聆听，耳边萦绕着最纯净的声音。

小米伽骑马在草原上狂奔着，他扬着长鞭，嘴里"哟嗬嗬"地叫着，脸上洋溢着幸福的笑容。

嗒嗒的马蹄声在草原上响起，小米伽挨家挨户地告知大家这个好消息，这是他今年第二高兴的事。他今年最开心的事情是阿爸同意不卖小马驹，并且把照顾小马驹的事情交给他，他给小马驹起了一个名字叫卡卡。这第二高兴的事是小雪豹回来了，还带回来很多糖果和图书，听大大们说，小雪豹回来就不走了。

如果小雪豹在，他兴许就能去上学，像村子里别的小伙伴一样，背起崭新的书包，在亮堂堂的教室里跟着老师读书、唱歌……

老祁的家里人声鼎沸。

洁净的炉子上，奶茶依旧在翻滚沸腾，发出咕嘟咕嘟的声音，浓郁的香味弥漫了整个小院。桂兰婶婶从忙碌的厨房出来，拿出木匣子里的糌粑，笑盈盈地招呼蓝董时："吃，小雪豹……蓝书记快吃。"

老祁是村委会主任，已经当了很多年，大家都信任他，只要看见他的烟斗冒着缭绕的烟雾，牧民心里就踏实。

"祁大大，桂兰婶婶，以后还叫我小雪豹，从我小时你们就这么叫，我习惯了。"蓝董时的脖子上围着白色的、金色的、蓝色的哈达，笑得很灿烂，宛若雪山上盛开的雪莲花。

老人凤英左手提着一桶酸奶，右手举着烟杆子，麻利地从人群中挤进来，看见蓝堇时，两眼泛起晶莹的泪花："我们家的小雪豹回来了，都长这么大了，越来越像你阿妈了。"

蓝堇时不是少数民族，但从小在牧区长大，也会学着邻里管父母叫阿爸阿妈；也被阿妈扎了无数个小辫子，在夏天的草原上跳锅庄（藏族的民间舞蹈，在节日或农闲时跳，男女围成圆圈，自右而左，边歌边舞）；也会穿着小藏袍，被阿爸扔到马背上，一起去动物保护站值班。

蓝堇时迅速从炕上下来，看见凤英她也忍不住眼角含泪。自从爸妈出事，很长一段时间里都是凤英在照顾她。凤英既是恩人又是亲人。

凤英已经七十多岁了，脸上没有一丝皱纹，她孤身一人在江源村住了五十多年。

"凤英，我还说一会儿就回去看你，你怎么来了？"蓝堇时挽着凤英的胳膊到炕上坐，给她倒了一碗热腾腾的奶茶。

凤英从来不许别人叫她奶奶或者阿姨这类的称呼，唯恐把她叫老了，她最喜欢别人叫她凤英，据说这是一个重要的人给她起的名字。

凤英将酸奶递给蓝堇时："小雪豹，你小时候就爱吃这个，我给你加了多多的白糖，你肯定喜欢。"

"喜欢喜欢，你们给的我都喜欢。"蓝堇时看见容貌依旧的凤英，笑得像个孩子。

祁主任唇角微微扬起："凤英还记得她爱吃酸奶，是真的心疼这丫头。"

凤英满眼心疼地盯着蓝堇时："我的小雪豹都二十七了，你爸妈走了也有二十年了，唉……"

说起这个沉重的话题，知晓当年事情的人都默不作声，小心翼翼地看着蓝堇时的脸色。

蓝堇时颔首微笑："我爸妈当年没完成的任务，现在交给我了。凤英，我回来就不走了，就住家里陪你，直到咱们都脱贫，不愁吃不愁穿，娃娃有学上，医疗有保障。"

她像小时候一样靠在凤英的身上，闻着她头上淡淡的花香味，仿佛回到了爸妈还在的时候。

爸爸妈妈一忙碌，她就像一只待哺的小羊羔，躲在凤英的小卖部里，伸着脖子盼着、盼着……盼着爸爸妈妈能早日回来。

凤英生气地把碗放在桌子上，眼神带着恼怒："胡扯！你是领导，领导是要在大楼里上班的，你在草原上跟个逛鬼一样能有什么出息，我们不觉得自己贫困。"

"国家对我们好得很，这些年我们贫困户都能领钱，凤英是孤寡老人，也可以领钱，挺好的。"坐在屋子外面地上的人说了一句，随后吸溜吸溜地喝奶茶，发出巨大的声音。

大家纷纷应和着，不一会儿，整个院子都发出吸溜吸溜喝奶茶的声音。

蓝堇时面色凝重。今天找来的是江源村31个贫困户，108人，原本以为看在多年的情分上，大家会积极配合工作。现在看来，108人顺利脱贫这件事，任重而道远。

凤英站起身，用烟斗在年轻小伙的头上狠狠一敲："你可以说我孤寡，但是你不能说我是老人。同样的，你可以说我穷，但你不能把我定为贫困户，贫困户的补助，打死我都不能要，爱给谁给谁。"

这个村子里，谁也不敢招惹凤英。

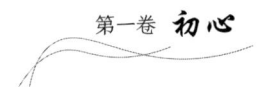

"今天我当着小雪豹的面跟你们说清楚,我的商店一年收入够我吃喝抽烟的,不需要小雪豹特意跑回来一趟。"凤英在小桌子上敲着烟斗,慢悠悠地说出这番话。

蓝堇时拍拍她的后背,让她稍稍平复一下心情。

凤英穿上鞋子就走,到了门槛的地方转过头,严肃认真地说:"以后谁要是再给我评贫困户,我跟谁没完。"

凤英的开场,让在场的这些人都抬不起头来。

曾几何时,他们都把领国家贫困补助当成一种荣耀,沾沾自喜地相互攀比。

曾几何时,他们靠着每年国家发的这点钱过生活,评上的瞧不起没评上的,没评上的妒忌评上的。

如此看来,他们的精神倒不如一个古稀之年的老人家。

蓝堇时看着沉默的众人,又看看一言不发的祁主任,心中暗自庆幸,幸好今天有凤英给做了一个华丽的开场。

喝奶茶、啃馍馍的声音逐渐消失,此时无声胜有声。

大家自讨没趣,灰溜溜地相继离开。

祁主任又给蓝堇时端上一碗热腾腾的面,无奈地叹息道:"蓝书记,这支队伍不好带,谁来都没用,现在咱们村子就是饿不死,也富不了。"

蓝堇时觉得太阳穴突突地跳动,神色复杂。

桂兰从厨房出来,手里端着满满的一盆羊肉。

祁主任催她:"小雪豹,你赶紧回市里工作,以后前途无量。大大把你当亲人才要赶你回去哩。"

蓝堇时看着祁主任家里的孩子们都躲在墙边的角落里,眼睛一眨不眨地盯着桌上香喷喷的羊肉。她迅速拿起桌上的羊肉给孩子们人手一块。孩子们看了看桂兰,飞一般地逃走,唯恐一会儿阿妈从他们的手里把肉夺走。

蓝堇时转头说:"祁大大,我不回去,我来了就没打算走,就留在这儿!"

祁主任和桂兰两双眼睛巴巴地盯着她,他们希望在村里长大的、最有出息的小雪豹能越来越有出息,而不是在这儿对着看不见边际的草原,吹着呼啸刺骨的寒风愁眉苦脸。

"这么多年我们也就是这么赖活着。你一个小女娃娃是能教我们种钱还是能教牛羊拉出金蛋蛋来?"祁主任喝了一杯青稞酒,又给蓝堇时倒了一杯。

"祁大大,不试试怎么知道地里能不能种出钱,牛羊能不能拉出金蛋蛋?"蓝堇时鼓起勇气说道。

她猛然喝了一杯酒,呛得她五脏六腑都颠三倒四,这青稞酒可真烈。

"丫头,"祁主任赞许地看着她笑出了声音,又倒上一杯酒,"你跟大大说,是不是你在这儿待一段时间,回去就升了?"

蓝堇时涨红了脸:"大大,您胡说什么呢?我爸妈在这儿待了半辈子,我也是在这儿生在这儿长,如果我把故土当成跳板,我对不起我爸妈!"

放眼望去,秋风扬起的草原,父亲曾经策马奔腾。三江源头的水,母亲曾经誉为甘露。她回来当第一书记,一片赤诚之心,不掺杂别的成分。

祁主任夫妻俩一人一杯酒,蓝堇时不会推辞,喝得满脸红光。

"小雪豹,大大跟你说,你要是来了就不许走!你要是走了,大大

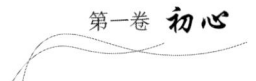

恨你,全村都恨你!"祁主任略带醉意。

蓝堇时的脸通红,盯着祁主任:祁大大可真是太有意思了,刚才还一个劲儿地让她走,现在又不许她走。

一旁的桂兰给蓝堇时倒了一杯热腾腾的茶:"小雪豹,你不要觉得奇怪,谁不希望过好日子呢?让你走,是你大大的愿望;你能回来,是全村的愿望。他们都说你是上了大学的,你愿意回来,大家都可高兴了。今天早晨,你大大特意去宰最大的羊,给你做了你最喜欢的羊肠,唉……"桂兰也说不清楚祁主任心里的想法。

蓝堇时懂得这到底是一种什么样的感情。

最后,祁主任给蓝堇时换了大碗喝酒,把家里一切好吃的都拿出来。

"这是奶糖,你小时候爱吃的……这是馓子,你小时候爱吃的……"祁主任哪里是盼着她走,是巴不得她能留下来。

蓝堇时完全忘记自己是怎么回到凤英家里的,也不知道是怎么睡到炕上去的。

次日一早,凤英吃了早饭,便风风火火地去找祁主任算账。

"以后谁要是敢这么灌我家小雪豹,看我不从鼻子给他灌进去!想要喝酒冲我凤英来,我就看看江源村谁能喝得过我!"凤英的声音越传越远。

小米伽是个敬业的传话筒,骑着小马驹将凤英的指示传播到江源村的每一户人家。

凤英打了个胜仗回到商店,给蓝堇时炖了一碗浓浓的草药汤灌下:"我娃娃昨晚吐坏了吧,也不叫我起来给你熬点解酒药。来,喝了这个睡一会儿就好!"

凤英把她抱在怀里,就像小时候一样,低声跟她说:"小雪豹回来了就好,回来了就好!"

蓝堇时闭上眼睛休息了一阵。再次醒来的时候,她只觉得神清气爽,宿醉的感觉消散得无影无踪。

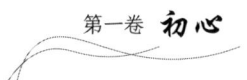

第 2 章
都好着呢

蓝堇时伸了一个长长的懒腰,拿出笔记本电脑开始工作。她在电脑上设计蓝图,计划在一年之内要让贫困户减少一半,两年内全部脱贫。

她越想越兴奋,一个小时下来,又是画图又是写字,忙得不亦乐乎。

凤英在商店招呼着来往的客人,不时盯着蓝堇时看,嘴唇微动又不敢开口,眉头紧紧蹙在一起。

祁主任突然一阵风似的跑来,身上的衣服还带着寒气,推开门就道:"小雪豹,我们不是说好,今天去看看贫困户吗?你怎么还在这里磨叽,快点吧,一会儿太阳下山了。"

蓝堇时摸不着头脑:"怎么去?"

"是这样的,上一任书记来的时候留下一辆乡里的皮卡车。你开车,咱们一起去。"祁主任指了一下村里小学的方向。

蓝堇时满脸愧疚:"我……我没有驾照,我不敢……"

"开个锤子的车,我家小雪豹从小就不敢坐副驾驶。"凤英从外面进来解围。

祁主任恍然大悟,又说:"那……我们坐摩托车去,我载着你一起走。"

蓝堇时还是摇摇头,这些年,别说是开车,就连对骑自行车她都有深深的恐惧。

"摩托车也不行啊?"祁主任满脸为难。

凤英努努嘴:"小雪豹,都给你准备好了,外面的马跟了我三年了,是别人给我抵债的,听话温顺也识路,你要不要试试?"

蓝堇时的眼睛一亮:"我会骑马啊,我从小就会骑马,骑马多好,不堵车也不用加油。"

她跑到屋子后面的马棚一看,凤英连马鞍都装好了,真是体贴周到。

蓝堇时熟练地跳上马背,愉快地跟马儿打了声招呼,在屋子周围慢慢地转了几圈。

凤英拿起烟斗朝祁主任的头上打去:"你脑子是不是不好使啊?明知道丫头的爸妈是因车祸身亡,她从小就怕坐车,你哪壶不开提哪壶,脑袋被野牦牛踢了吗?"

凤英是所有人的克星,可是凤英的克星只有小雪豹一个。

她对小雪豹的疼爱是无尽的,江源村的村民们不服不行。

蓝堇时骑着马儿跑回来问凤英:"凤英,马儿叫什么名字?"

凤英摸着棕色马儿的脸:"叫阿金。阿金,这是你的小姐姐,你的小主人,要听话啊,去吧。"

这是一个好天气,蓝蓝的天上飘着大朵大朵的白云,白云下的草原

美丽辽阔。

不一会儿,祁主任也骑着一匹马迅速赶来,通红的脸颊上带着无限的赞许:"小雪豹的马术很好,堪比我们草原上最厉害的小卓玛了。"

雪山环抱的山中,山路狭窄,越来越难走。

祁主任长吁一口气:"翁姆的家不好走,要么坐摩托车来,要么就是骑马。如果开车的话,咱们还得走上一段时间山路。"

蓝堇时拿出一瓶水咕咚咕咚喝下,一路骑马过来真是过瘾。

"走吧,翁姆家里是什么情况?"蓝堇时问道。

"最贫困的就要数他们家了,一年四季除了挖虫草的季节有收入以外,其他时间都没收入,家里就两只牦牛几只羊,孩子又多。"祁主任和蓝堇时下马走路。大约走了一个小时,才隐隐约约看见山上住着一户人家。

"那翁姆为什么不搬到现在的村子里?咱们政府是有补贴的,给一定的入住费就能搬过来。"蓝堇时累得气喘吁吁。

"已经给她在村里准备了房子,可是距离她的牧场太远了。她家里人口多,总是要讨生活的。"祁主任边说边往烟斗里装上烟丝。

草原上的风又开始凛冽起来,浓烈的烟在鼻腔里扩散,祁主任大声咳嗽着。

他们将马儿拴在木屋的门外,翁姆的几个孩子看见人来,一哄而散地躲到家里的各个角落,天性羞涩的孩子害怕见到外人。

蓝堇时看见炕上坐着一个不足两岁的孩子,忽闪着明亮澄澈的大眼睛,小手举起来数着玩,不哭也不闹。

蓝堇时刚想抱起炕上的娃娃,角落里一个扎着满头羊角辫的五六岁的女孩赶紧摆手,用生涩的语言说:"不行,不行,阿妈不让抱。"

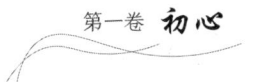

祁主任看了一眼这个简陋的家,问女孩:"你阿妈呢?"

"在那边放羊。"小女孩指了指不远处的草原。

"叫你阿妈回来,说祁大大带着蓝书记来了。"祁主任给了小孩一颗糖,在她的背上轻轻一拍。

小女孩走到家门口,冲着远处大声喊:"阿妈,有人来了。"

另外几个男孩女孩看见来的人手里有糖,又从各个角落里怯生生地走出来。

蓝堇时掰着手指数了数,翁姆家里人口真是多,大大小小的孩子一共有六个。

祁主任解释道:"这些都是翁姆之前嫁的男人的孩子。她是个实诚人,带着前两任丈夫的孩子过生活,后来又嫁了个男人,那男人喝假酒

喝死了。翁姆现在一个人带着三任丈夫留下的孩子过生活。"

面对人口众多的家庭,蓝堇时觉得方才带来的米面油显得太微薄。

翁姆急匆匆地跑回来,一边鞠躬,一边不好意思地抬眼望了一下蓝堇时。

蓝堇时自我介绍:"翁姆姐姐,我是蓝堇时,来找你了解了解情况。"

"这是村里新来的书记。"祁主任赶紧补充道。

翁姆双手合十,不断地问候:"书记好,书记好。"

蓝堇时拿出笔记本打算记录。

翁姆赶紧将牛粪加进快要熄灭的炉子里,随后又转身把桌子上的馍馍拿出来,掰了一半给蓝堇时,又拿起杯子倒茶。

"吃点,吃上点。"翁姆热情地招呼着。

她是一个很内向的女人,话不多,嘴角带着慈爱的微笑看着屋子里的孩子们。

"翁姆姐姐,你现在有什么困难?一年能有多少收入?孩子们都上学了吗?家里的牛羊怎么样?"蓝堇时问道。

"好着,好着呢。"翁姆微微抿着嘴,端坐在蓝堇时的对面。

好不好,不都是那样吗?或者说,翁姆自己也不知道什么才是真正的好,现在能吃饱穿暖已然很好了。

一盏茶的工夫也没有,翁姆就起身:"德吉家的羊还在山上,我要去把它们带回来,山里狼多啊。"

她说话间就起身,头也不回地走了。

祁主任和蓝堇时面面相觑。

祁主任只好去牵马:"走吧,每次来都是这样,问不出个名堂来,她说啥都好着，孩子们也好，牛羊也好，自己也好……"

蓝董时与祁主任缓缓地往山外面走。

夜色来临，天上的星河灿烂，地上马蹄声阵阵。

蓝董时抬头看着满眼的星光，想起小时候爸爸把她当成小袋鼠一样放进胸前的衣服里，指着天上的星星告诉她若是有一天牧民的生活也过得这么灿烂该多好。

祁主任一路无话，终于转过头道："既然经过黄秀家了，咱们也进去看看吧。家里不容易啊，小伙子是个孝顺的孩子，可是太穷了，都三十多岁了还没结婚。他父母都因病常年吃药，家里条件很差。"

黄秀的家在另外一座山上，夜晚看过去也是光秃秃的，若不是认真寻找，真不知道这里还有一户人家。

土和石头建造的房子看上去已经有些年头了，祁主任在门外喊道："黄秀在家吗？我是村里的老祁，村里的尼玛大夫让我给你们送点药来。"

有人从屋里打开门。"祁大大来了，快点进来。"黄秀笑着迎接。这是一个清秀的小伙子，瘦瘦高高的，有一种草原民族特有的英气。

炕上的两位老人听闻有客人，连忙点亮酥油灯，整个屋子亮堂起来。

蓝董时这才看清两位老人的脸。他们都很消瘦，一层黄黑的皮肤包着骨头，却透着坚强的精气神儿。

"两位老人，我给你们送点药来，都是止咳的，一定要按时吃啊。"祁主任把药放在一旁的高柜上。

炉子上炖着热乎的茶，黄秀忙前忙后地给他们倒茶拿吃的："你们刚从哪里来？还没吃饭吧？这里还有两个洋芋（土豆），如果不嫌弃的话就蘸点盐巴吃上。"

祁主任没有客气，拿起炉子里烤好的洋芋给蓝堇时递了一个，对着黄秀说："这是我们新来的书记，是有文化的，想来了解了解家里的情况，有啥困难就说，不要客气啊。"

"哦嘞，哦嘞（好的，好的）。"黄秀一家人赶紧回答。

蓝堇时也不再拘谨，围着炉子坐下，默默地啃洋芋，喝奶茶。

"黄秀大哥今年多大了？"蓝堇时开始拉家常。

黄秀把火挑得热烈一些，低声答："干部，我今年三十二了。"

"黄秀大哥叫我堇时就行，村里的老人们都叫我小雪豹。"蓝堇时赶紧说道。

黄秀点头。

这一个晚上，蓝堇时喝了不下十杯奶茶，可是对这个贫穷的家庭仍一无所知。

谁也不愿意将贫穷挂在嘴上，这就是牧民的朴实，但凡自己能解决，绝对不给村里、乡里添麻烦。

蓝堇时的眉头紧蹙，由着阿金在草原上嗒嗒嗒慢慢地走着，她不想这么快回去。今天就跑了两户人家，可是人家对于自身的情况都不乐意说，这以后可怎么开展工作？

"小雪豹，别着急，好很多了。上一任书记来的时候，黄秀都不怎么说话。小伙子很善良很内向，也是靠着挖虫草过日子，平时就照顾家里的两位老人，没有什么收入。幸好有新农合，两位老人看病不怎么花钱，要不这日子过不下去。"祁主任赶紧给兴致不高的蓝堇时鼓劲儿。

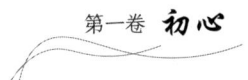

第 3 章
农牧业合作社

积雪的山峦望不到边,无际的草原披着金光。

不远处老艺人正在弹奏马头琴,远方便是可可西里生态保护区……

一个星期过去了,蓝堇时每每到达一个牧民家里,都会受到十分热情的招待,然后一坐就是一整天,喝了一杯又一杯的奶茶、茯茶,吃了一顿又一顿的馍馍、包子、面片……却始终得不到自己想要的答案。

她靠着墙,看着草原上日出日落,各种滋味涌上心头。

凤英脚下生风一般走到蓝堇时的身边:"丫头,从一早上就愁眉不展地坐在这儿,可是遇到什么难处了?谁家不配合,你跟我说,我替你出头。"

她布满皱纹的手在蓝堇时的头发上轻轻抚摸,眼神中充满慈爱。

蓝堇时靠在凤英的身上,略显无力:"已经一个星期了,我什么都没了解到,也不知道牧民是怎么想的,他们愿意去做什么,想做什么。

我在牧民的家里一坐就是一天，总是扯一些有的没的，这不是浪费时间吗？"

"商店里很多东西都没了，我今天要出去进货，要不你跟我出去看看？"凤英提议。

蓝董时摇摇头："不行，我要在一个月之内做出一个项目计划，国家让我带着项目来脱贫致富，振兴乡村的，我现在毫无头绪……"

"走吧，跟我出去看看，说不定你就有思路了。"凤英生拉硬拽，愣是把蓝董时拉上了屋子前面那辆破旧的农用三轮车上。

凤英上了三轮车的驾驶位，仿佛变了一个人似的，生龙活虎地发动车子："回来那么久了，我带你把全村都仔仔细细地看一遍，坐稳了。"

三轮车扬起的尘土有两米高，路人驻足："凤英又开始飙车了。"

凤英得意扬扬地将马力开到最大："小雪豹，这段时间我一定要教你学会开车，我都七十多的人了，开车对我来说就是一件小事，你也要学，努力学。"

蓝董时在车子的后面紧紧拽住凤英的衣服："凤英，你慢点开，慢点开，你七十多了不要这么猛。"

"看见了吗？山上放羊的是小米伽，小米伽是我的小跟班，以后有什么要问的就去问小米伽。我现在带你去农牧业合作社，那可了不得！一开始是私人产业，老板年轻有为，大家都信服他，后来发展成合作社，带领大家挣钱。"凤英在前面大声地说道。

蓝董时深感意外，在这草原深处，还能有老板来投资，真是不容易啊，到底是哪个年轻人这么有魄力？

蓝董时靠在凤英的背上，感受着草原上的清新空气。

一个年轻的牧人站在门外，看见凤英到来立马绽开了笑容。

"凤英来了，凤英来了。"小牧人冲着合作社里面喊道。

几个人都从各自的房子里走出来，围着凤英又唱又跳，仿佛看见许久没见的朋友。

"我最亲爱的小扎西呢？把小扎西叫出来。"凤英带着蓝堇时一边走一边看。

小扎西，或许就是凤英口中那位年轻有为的小伙子，放着外面的大生意不做，非要回到家乡带领着牧民脱贫致富的神人。

"他今天去县里了，我先给你看一个奇特的东西。"一个小牧人迫不及待地要给凤英显摆什么。

凤英跟着小牧人走："多吉啊，啥东西那么神秘，非要带我去看不可。"

小牧人多吉十七八岁的年纪，脸上稚气未脱，黑黝黝的皮肤把那一口牙齿衬托得愈发雪白，笑起来略带腼腆。他突然打开一个开关："你看，凤英你看。"脸上满满都是骄傲，等待着凤英夸奖，更是有给蓝堇时显摆的意味。

蓝堇时还没有明白怎么回事，凤英却十分配合地表演："哇！"

他们都满脸惊叹，用炫耀的神色向蓝堇时一瞥，心中满足极了，得意极了。

凤英竖起大拇指，惊喜不已："太好了，太好了，什么时候开始通电的？真是太好了！"

"电视的有，电脑的有，电炉子也有。"多吉赶紧拉着凤英在屋子里面走了一大圈。

蓝堇时恍然大悟，她去了那么多牧民家，都忽略了一个重要的问题，偏远的牧民家里都未通电。

"我亲爱的小扎西给你们拉的电线吗？"凤英围着电视转了一圈，脸上乐开了花。

"对对对，老板厉害着呢，我们这一片合作社都通电了。娃娃们也上学了，老板说要送我去职业技术学校学一门技术，将来能养活自己，也能养活全家。"多吉提起老板，语气中全是崇拜。

凤英点头："对，年轻人就该多学多问，多吉你要加油。"她轻轻地拍着小牧人的手。

蓝堇时很想尽快见到那些牧人口中的老板，也许，在脱贫致富的路上，这位小扎西才是她的老师。

"凤英，我想在这儿看看，你先去进货，回来的时候接我。"蓝堇时望着这个农牧业合作社，竟然走不动道了。

凤英眉开眼笑，指着蓝堇时打趣："没良心的小丫头，你这不是过河拆桥吗？好好在江源生态农牧业合作社学习学习，我亲爱的小扎西可是帮了江源村很大的忙，你最好等等他。"

蓝堇时刚要回答，凤英已经开着三轮车扬尘而去。

"凤英威武！"多吉带领合作社的小伙伴齐声大喊。

蓝堇时也忍不住笑出了声，凤英在江源村果然具有极大的影响力。

多吉走过来，羞涩地说："蓝书记，我先带你去看看我们合作社吧，我开车。"他开了一辆皮卡车过来，蓝堇时也顾不上害怕了，坐在车后面，听多吉介绍。

"多亏了老板，我们合作社牦牛有五百多头，羊有三千多只，农业那边种植青稞、土豆，现在还请了专家做什么泥土分析，以后还要扩大规模。本来我们村里都穷，现在好几十家的人都在合作社上班，我家里也买了新车，我给我爸爸换了新手机，去年年底分红，我拿了好多钱。"多吉越说越激动，恨不得把现有的一切都给蓝堇时看看。

蓝堇时打趣道："那你攒够娶媳妇的钱了吗？"

"去年就攒够了，我将来要给媳妇过更好的生活，我还打算多学点、多干点拿更多分红。"多吉高兴得像个孩子。

多吉停下皮卡车，与蓝堇时一起走过去："老板有商业头脑，你看见那边的牦牛了吗？它们都是野牦牛的杂交，肉质更鲜。城里人现在都流行什么有机生态，我们的牛羊吃的是三江源的水草，没有一点污染，快乐的肉，肯定是最健康的肉。我们合作社的牛羊卖得特别好！这不，我们明年的牛羊都订出去了。"

多吉知道得不多，却很努力地跟蓝堇时说着，蓝堇时听得非常认真。

多吉又开车绕着合作社的场地走了一大圈："我阿妈现在在挤牛奶，你看看，那些女人做些不那么累的活，男人们做累的活，一个月下来家家户户都存下不少钱。悄悄跟你说，我阿爸给我阿妈买了一条大项链当礼物，阿妈特别开心。"

"以前合作社刚做起来的时候，没几个人相信老板，现在老板把合作社做大了，大家都后悔。"多吉垂下眼皮，"如果大家以前都来合作就好了，说不定我们村发展得更好。"

蓝堇时默不作声，她知道，思想观念难以转变是前进路上的大困难。

多吉加大马力："别人给我说媳妇了，人家一听是江源村的，就说我们村穷，舍不得把女儿嫁过来吃苦。老板让我多等两年，等全村都富

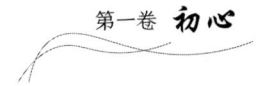

了,姑娘就上门来了。不过,通电之后就不用等两年了,现在说亲事的也多得很。"

多吉说完一阵脸红,蓝堇时忍不住偷笑,他们的老板可真奇怪,也很接地气。

一圈逛下来,蓝堇时又在合作社的办公室等了很长时间也没有见到老板。但是,这一次收获很大,她对这位素未谋面的老板是心服口服。

晚上,蓝堇时在电脑前忙了整整一夜,做了一个令她心潮澎湃的大计划。

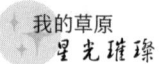

第4章
脱贫不是纸上谈兵

祁主任拿过蓝堇时精心做出的计划书,随意地翻看了几页,笑意中带着几分嘲讽:"蓝书记,上次说的去各个贫困户家里看一看,与大家聊一聊,你都做完了吗?你对我们村都了解了吗?"

"我去了啊,可是大家都不愿意聊,我不能耗费大量的时间听他们拉扯东家谁谁要了多少彩礼,西家谁谁生了几个丫头。"蓝堇时蹲在地上对祁主任抱怨道。

祁主任无奈地摇摇头:"行不通,行不通,你看看你说的这个……完全就是纸上谈兵。蓝书记,打赢这场仗,一定要踏踏实实地一步一个脚印,可不敢在纸上做文章啊!"说着,就将几十页的规划书扔进了炉子里。

蓝堇时目瞪口呆,祁主任也太欺负人了,怎么可以如此不尊重别人的劳动成果,随便就烧火了。

"你昨天去合作社了？见到小扎西了吗？"祁主任见蓝堇时的神色黯然，害怕说得太重，将蓝堇时的积极性给打击了，就赶紧往回找补。

"没有见到，你们的小扎西完全是神龙见首不见尾，我都等了一天也没见到人。"蓝堇时噘嘴，内心很是受挫。

祁主任慢条斯理地煮奶茶："一会儿我跟你一起去，你和小扎西都是年轻人，也很有想法，你们单独聊聊，兴许能碰撞出火花。"

"哦嘞（好的）。"蓝堇时帮着生火煮茶。

祁主任悠悠地说起关于小扎西的事："小伙子了不起得很，当初大家都不看好的这个合作社，硬生生地被他做起来了，还做得有声有色的。听多吉说，他们一家去年分了好几万，大家都羡慕。现在羡慕也没用啊，当初小扎西求着大家伙一起合作，可是没人信。小扎西那里的畜牧产业链比较完整，还有专门的兽医，真是好啊。"

为何所有人提起小扎西都是满满的赞许？

吃过早饭之后，在蓝堇时的催促下，祁主任终于将马牵出马厩，一边嘟囔着："小姑娘，性子不要那么急，小扎西就在合作社又跑不了。"

"快点吧。"蓝堇时将祁主任扶上马，害怕去晚了，那位大忙人又消失不见。

穿过草原，远处的经幡在晨风中徐徐飘动，发出呼呼的声音，就像是在诵经，祈求众生安康、万民喜乐。

合作社的早晨是非常忙碌的，女人们早早地就去给牛羊挤奶，男人们也去各自管理的一片区域干活。

小伙子多吉今天相亲，穿着民族服装，脸上带着害羞的笑容。

"主任，书记，你们俩怎么来了？正好，帮我相看相看那个卓玛。"

多吉一大早便在门外等着,盼着美丽的卓玛从远方到他家。

"多吉好样的,尽快娶个媳妇好好管管你。"祁主任让马儿停下。

蓝堇时不由得会心一笑,多吉今年也就刚刚成年,家里人已经把成家立业的大事交给他,开始相看姑娘,准备人生大事了。

听说多吉今天相亲,村子里闲着的人都争相来看,一些老光棍的目光中满满都是羡慕。

另外几个汉子稀罕地看着家具,那上面镌刻的花纹栩栩如生。桌子上摆满了吃的喝的,炉子上的奶茶翻腾着,一看便知道他们家里烟火气十足,日子越过越有劲儿。

祁主任在蓝堇时耳畔小声嘀咕:"以前多吉家穷得叮当响,一直住着帐篷,现在可算是过上好日子了。那些光棍懒汉羡慕得很,他们都三四十岁也没娶上媳妇,多吉刚成年便有姑娘主动上门相看。是得好好打击打击他们,他们才知道要主动脱贫。"

多吉的阿爸阿妈欢喜得合不拢嘴,看见祁主任和蓝堇时都来了,两人端茶倒水拿吃的好好招待,唯恐怠慢了客人。

"这个合作社在建立的时候,前任书记带着小扎西到处跑,从农牧厅啊,民政厅啊,扶贫办那边得到很多支持,使全村一半的人口脱了贫。你一定要多跟小扎西聊聊,你们都是大学生,说不定又能搞出什么大项目。"祁主任又带着蓝堇时到附近几个牧民家去看看。

大约晌午时分,几辆车扬尘而至,停在合作社门口。

从车子上下来一群人,都衣着靓丽。有位女士穿一条长裙,刚下车便打了一个冷战,不由得惊呼:"太阳那么大,没有想到风吹来这么冷。"

"有点缺氧,华总有没有准备氧气瓶?"女士又接着说。

合作社的工作人员有条不紊地献上哈达,又敬了酒之后,迅速给缺氧的女士送上氧气瓶。

在阳光与微风中,草原上的欢迎仪式这才告一段落。

听闻有外地投资商和干部们来了,祁主任和蓝堇时赶紧从多吉家里出来,一同前去迎接。

蓝堇时摘下遮紫外线的墨镜,默默凝视那位正在给宾客献上金黄色哈达的男人。

祁主任回首看了一眼神色异样的蓝堇时:"小雪豹,你咋了?是不是不舒服,咋还哭了呢?"

"不……不是,风沙太大,沙子吹进眼睛了。"蓝堇时别过脸,迅速擦干眼泪。

祁主任迎上去:"小扎西,你总算是回来了,我们蓝书记为了等你可是三顾茅庐啊,你却天天在这儿唱空城计。"

祁主任最近喜欢听收音机里的三国故事,只要有用得到的地方就尽可能地显摆他那点三国知识,听起来可爱得很。

叫作扎西的男子温和地笑笑,他的脸带着健康的小麦色,鼻梁高挺,与康巴汉子模样相似,却又不尽相同,有一种独特的帅气与稳重。

"各位专家、朋友,这是我们村的祁主任,这些年合作社能运营,主任一直都在帮忙。"男子立马拉着祁主任给大家介绍。

"华总,江源村海拔高又缺氧,你们真的很不容易啊。"一位老者一边吸氧,一边朝他竖起大拇指。

"主任也是有远见,把华总这么年轻有想法胆子大的人作为脱贫先锋。"长裙女士说道。

祁主任被人夸得脸红,赶紧把蓝堇时拉到众人跟前:"这是我们新来的第一书记,也是名校的研究生。现在的年轻人愿意回村发展,振兴农村,我们高兴还来不及。"

"蓝书记,这就是华总,我们叫他小扎西,就是我们草原上小太阳的意思,人家可是放着高薪的工作不干,特意回来创业扶贫的。"祁主

任迅速介绍两个年轻人认识。

蓝堇时的墨镜不知道什么时候已经戴在鼻梁上，只是微微点头。

"你们握个手，握个手。"祁主任把小扎西的手和蓝堇时的手放在一起，心里欢喜，"你们就是江源村的翅膀，我们村能不能腾飞就要靠你们了。"

小扎西的脸色异样，几乎是用鼻腔说出："我叫华素年，蓝书记您好。"

"华总好，我是蓝堇时。"蓝堇时的自我介绍苍白无力。

其他人都听不清，这一切只有华素年，人称"小扎西"的他清晰地听见了。

祁主任看蓝堇时和华素年两人神色怪异，连说话也是奇奇怪怪的，不免心生疑窦。

"咋了？你们俩是不是认识？那太好了。"祁主任惊呼。

蓝堇时很随意地穿了一条牛仔裤，上身穿着一件红色的披风，围巾围得严严实实的。刚才在山坡上拍照片，她把军大衣也穿上了，这形象与刚回来的时候天差地别。

"不……我不认识他。"蓝堇时矢口否认，用力挣脱自己的手。

华素年诧异地看着蓝堇时，声音沙哑："堇时……"蓝堇时走在前面，对华素年的那副模样视若无睹。

"不认识有什么要紧的，来到了我们大草原，将来我们就认识了嘛。"祁主任见两人不太对劲儿，赶紧打岔。

"今天各位老师刚来，先去县里的酒店休息休息，缓解一下高原反应，明天我们再到合作社的各个点去参观研讨。"华素年激动不已的内心恢复了平静，把客人送上车。

祁主任乐得脸上堆笑："我们这里氧气稀薄，牧民生活比较简单淳朴，老师们不要嫌弃啊。等到夏天过来，我们这儿也是很美的。"

"我们和你们是对口单位，去年我们的试验田里靛青根和野槐的种植效果很不错，今年打算扩大规模。这项生态脱贫计划，我们也是一刻都不敢耽误啊。"为首的专家语重心长。

华素年转头跟蓝堇时解释："蓝书记，这是农业大学的钟教授，是半野生中药材种植的专家。靛青根，就是大众熟知的板蓝根，很多中药厂都有大量需求，仅广州的一家制药厂，一年的需求量就达几万吨。"

"钟教授好，我是蓝堇时。这个项目做成了，江源村脱贫就有望了。我代表全村人民感谢你们啊！"

"好好好，华总，蓝书记，我们休息一下再过来。到时候咱们一起好好探讨一下。这里空气质量高，土地未经污染，水质达到直接饮用的标准，半野生中药材的品质更令人放心。"钟教授上车前又拿了一瓶氧气，他这会儿实在没有力气与年轻人聊天了。

第 5 章
星空下燃起篝火

钟教授一行人刚走,蓝堇时就跨马而去。华素年望着蓝堇时的背影,一动不动。

"小扎西,你在想什么啊?"祁主任不解地问。

"今天晚上我请凤英和村子里的好友们吃饭,为蓝书记接风,咱们顺便聊一聊接下来的发展。"华素年若有所思地道。

"有规定的,不许请客吃饭啊。"祁主任满是担忧。

"那就让凤英请我们吃饭,我负责拿肉,一家再带上一个菜,小食品就由蓝书记负责买……"华素年安排得明明白白。

祁主任一听,这个主意可以,马上就去通知。

凤英的三轮车停在门外,小孩子们大声地呼喊。只要凤英的小三轮回来,就意味着又有新鲜的好吃的进村,孩子们赶紧过来围观,然后再回去怂恿阿爸阿妈们拿钱买小零食,大家一起享用。

第一卷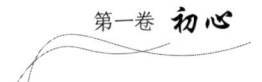

"丫头，小扎西刚才打电话说晚上一起吃饭，一家带一些东西，都分配下去了。晚上都到草原上去，咱们开个篝火晚会，多少年没这么热闹了。"凤英越说越兴奋，对晚上的聚会充满期待。

蓝堇时只觉得头皮发麻，兜兜转转，那个坏家伙竟然也回到江源村发展了，还装模作样地更名为小扎西。

傍晚时分，牧民阿旺就被祁主任派来帮忙搬东西，他家里没有什么可带的，所以出劳力，在草原上扎帐篷，负责一些前期的准备工作。

阿旺的头上扎着油腻腻的小辫子，满脸胡子，身上的衣服脏得看不出颜色，叫人望而却步，不愿意多亲近半分。

阿旺走了之后，凤英摇头叹息："小雪豹，这个阿旺以前就住咱们家隔壁，牛羊最多的就是他家。听说以前他们家非常有钱，留下很多财产，生活富贵得很。"

"啊？那他为什么会变成现在的样子，连个正经的家都没有，住在主任家的牛棚里？"蓝堇时讶异地问。

"能为什么，为了女人呗，年轻的时候为了女人变卖了家里的财产，现在就只能去各个草原打点零工混酒喝。这老光棍天天迷迷糊糊的，日子过得一塌糊涂！"凤英一阵唏嘘。

凤英这么一阵感慨，蓝堇时听得心里特别不是滋味，难怪阿旺也是稳坐贫困户的位置，比起经济贫困，对生活没有指望的思想才是脱贫的最大阻碍。

"小雪豹，既然决定要回来干一番大事，就得顾及方方面面，你看上一任书记为了咱们村子，累出了肺病，现在还在住院，你可不能辜负他之前打下的基础啊。"深明大义的凤英轻轻地拍着蓝堇时的背。

小商店的外面来了几位牧民妇女,背上背着重重的牛粪,日夜劳作,风吹日晒,令她们的外貌与年纪严重不符。

"唉……在这片土地上,女人们也不容易。"凤英拿出烟斗,坐在门口抽烟。

蓝堇时听得出来凤英这句话的意思,要是能帮草原上的女人们解决工作和收入问题,那才是真正的好。

晚上,祁主任骑着马过来接凤英和蓝堇时:"走吧,那边都准备好了。大家都特别起劲儿,原本说是几家人聚聚餐,没想到听说的村民们都纷纷过去,有些做了包子,有些还蒸了馍馍,家家户户都带着吃的往草原走,今天晚上可热闹了。"

"凤英,凤英……"路过的男女老少十分客气热情地跟凤英打招呼。

没走两步便看见远处篝火的光,一些男男女女已经围着篝火舞蹈,车子大喇叭的音乐声渐渐传来,烤全羊的味道随风而过,蓝堇时不禁咽了咽口水。

不得不说,这是华素年的美食诱惑!

华素年很热情地迎上来,给蓝堇时戴上洁白的哈达:"扎西德勒!"

蓝堇时唇角微微扬起一抹笑:"谢谢华总。"

不一会儿,满村子的人都给蓝堇时戴上了哈达,白色的,金色的,红色的,蓝色的……

今天晚上的歌舞就是他们对蓝堇时到来的欢迎,哈达就是他们的祝福。

蓝堇时也希望在她的努力下,牧民的日子能像满天星辰一样璀璨。

华素年坐在蓝堇时的对面,蓦然问出一句:"这些年,还好吗?"

"我要是说不好,你会后悔吗?"蓝堇时挑眉。

凤英见他们话语间透着尴尬,拿来一碗酒,递给华素年:"小扎西,你是男子汉,咱们康巴汉子可不兴这么扭扭捏捏的,你先干为敬,小雪豹这边我来说。"

华素年端起那碗青稞酒,咕咚咕咚三口喝完了。

酒劲儿涌上喉,他那张脸也开始红了。

凤英很满意:"可以啊,年轻有为的小伙子,真是可爱的小扎西。"

凤英又拿出一个小杯子递给蓝堇时:"小雪豹,到你了,可得给我面子,小扎西自从回村以来帮大家伙不少忙,你以后也得跟人好好学习。"

蓝堇时刚要接过杯子,华素年故意开玩笑:"凤英,你这样不合适吧?我是大碗喝酒,你家小雪豹就喝这么一杯,这不是看不起人家吗?"

蓝堇时嫣然一笑,重新给空碗添上满满的酒:"华总敬的酒,自然要换大碗,以后还请您不吝赐教。"

青稞酒的度数很高,本来牙齿还在打架的她瞬间觉得暖和了起来,眼神蒙胧地盯着华素年。

凤英和祁主任高兴极了,他们也各自喝了一大碗:"哦呀哦呀,大家都是好朋友,好朋友嘛!"

篝火呼呼地燃烧着,火苗升高的地方就像烟花一样好看,孩子们在一旁追逐打闹,小伙子小姑娘们正在唱歌,还有一些牧民围着篝火跳舞,辽阔的草原热闹起来了。

蓝堇时又在碗里倒满青稞酒,跌跌撞撞地走到华素年跟前:"我还没到村里,就听说有个叫小扎西的人带领一半贫困户脱贫,我代表江源村谢谢你。"

华素年也不客气，端起酒又三口喝完。

他又把酒倒满，双手捧给蓝堇时，神色无比严肃："蓝书记，驻村不是过家家，我希望你不要儿戏，江源村穷了这么多年，脱贫之事迫在眉睫，这儿不是你的跳板。"

蓝堇时也是三口喝完那碗酒，嗤嗤地笑着："这是我的故乡，这些都是我的亲人，我会拿亲人过家家吗？华总，如果你肯帮我，我有信心能在两年内彻底走出一条新的路，让大家都过得更好。"

小米伽不知道从哪里冒出来，又给他们的碗里添上满满的酒，并且唱起悠扬动人的祝酒歌。

草原上的欢乐是通宵达旦的，篝火腾腾燃烧着，草原上各族儿女的心也渐渐被点燃。

凌晨时分，凤英才带着蓝堇时返回。

第6章
草原上的精灵

大约晌午的时候,蓝堇时从家里出来。整个村子静悄悄的,只有牛羊和马儿悠闲地吃着草,发出咀嚼的声音,昨夜的狂欢使得牧民依旧在沉睡中。

远处的山包上,小米伽正拿着一本书用蹩脚的普通话大声朗读,他的身边是一群小羊羔。

那本书看起来像语文课本,封面已经不翼而飞,书里的纸面上不知是被酥油还是泥土糊得脏兮兮的,小米伽依旧爱不释手。蓝堇时刚想伸手把书拿过来,小米伽赶紧放进衣服里,怕被人笑话。

小米伽腼腆一笑:"小扎西说你来了,就会让我们这些孩子都有学上。小雪豹,你去过北京吗?见过天安门吗?他们都说你是北京回来的大学生。"

"见过啊,凤英以前总跟我说,只有好好读书才能走出去。"蓝堇时躺在草地上，沐浴明媚的阳光。

小米伽向往地盯着远方："我特别想上学，可阿爸不让，我想读书，去北京。"

小米伽又说："我有一个好朋友叫作卓玛，她住在很远很远的草原。如果我可以上学，你能不能也帮帮她，让她也能上学？拜托拜托！"

蓝堇时重重地点头，鼻头一阵发酸。经济、教育、生态、生活……她的工作任重道远。

小米伽拿出一块馍馍，给蓝堇时分了一半："小雪豹，你多吃点，咱们村子可大咧，待会儿你还要往原始森林里面跑……"

"你怎么知道我要去原始森林？"蓝堇时不理解地问道。

小米伽努努嘴："你看，阿金来了，小扎西也来了。"

"小雪豹，村子里的工作可不是坐办公室就能做完的。祁主任让我带着你走访村子里的每一户，只有了解情况你才能开展工作。"

山坡下面的华素年骑着马，挥动着手里的马鞭，在蓝天白云下显得格外帅气。

蓝堇时拿出巧克力递给小米伽："我要工作去了，今天晚上我去找你阿妈，等九月份开学，一定让你进学校。"

"那也不能耽误我家里放羊啊。"小米伽站起来挥手送别奔跑的蓝堇时。

蓝堇时纵身一跃上了马，马儿阿金也特别喜欢在草原上奔驰，它开心得眼睛发亮。

"走吧，咱们今天还是去翁姆那儿，她家是最贫困的，也是最危险的，那里到了冬天积雪很厚很厚，几乎就是与世隔绝的状态。然后咱们再去

村子里最远的一户人家看看。"华素年策马奔跑,与蓝堇时处于并排的位置。

蓝堇时有点诧异:"看上去你对江源村的每一户都特别了解。"

"我刚来的时候,在这个乡里每个村都转过,去每一户人家都讨过水喝,只有足够了解才能彻底扎根。"华素年温和地说。

"看来今天晚上回不来了,我跟凤英说会照顾好你的。"华素年抬头看着天空,估计到达翁姆家时已经傍晚了。

蓝堇时骑马走在前面:"我会照顾好自己。"

华素年跟在后面,进入生态保护区的时候边走边跟蓝堇时解说:"咱们村子里生态脱贫,招了一批生态管护员,让不少家庭都有了基本的生活保障。凤英家附近的每户人家都有一个生态管护员,他们要么很懂野生动物习性,要么对草原植物很了解。"

"经过这么多人的不懈努力,可可西里已经多年没有枪响了。"走过小河流的时候,蓝堇时下马说道。

华素年也下马洗了一把脸,坐在大石头上休息,也让马儿喝个饱。

"是啊,藏族同胞们对生灵很敬畏,就算是很穷很穷,也不会打野生动物的主意。"说起野生动物的保护,华素年心中的自豪感油然而生。

蓝堇时又问:"我听祁主任说你为不少贫困家庭解决了生计问题,你的合作社大概解决了多少?"

"二十来户吧,不过我招的都是一些年轻力壮、家里劳动力多的。刚开始创业,总是要保证大家吃得上饭,村里的妇女们就没顾及,像翁姆只能拿着低保养活一家子……"华素年垂下头,对于这件事他一直耿耿于怀。

第一卷 初心

他从包里拿出青稞饼递给蓝堇时："你是女性，这些问题你来解决比我和老书记解决要方便。"

两人牵着马并行进了山林，讨论着关于牧区妇女的就业问题。

"越过这片山林再走一阵就是翁姆家。翁姆很害羞，不太愿意见人，我和阿金就在山下等你。人和人是需要交心的，你和她真诚地谈一谈吧。"华素年细致地交代着。

蓝堇时从马背上取下米和面，独自一人往山上走。

没走两步，就看见一个可爱的小精灵与她对视一眼。

蓝堇时吓得在原地驻足，却又不敢高声言语，害怕惊动了眼前的小精灵，低语道："小扎西，你看，那是什么？"

小精灵看见空旷无人的草原上突然冒出来两个人，吓得站在原地。

蓝堇时顺势举起手，小精灵吓得赶紧双手合十鞠躬作揖，仿佛在祈求她一般。

华素年走上前，做了一个嘘的动作："你吓到它了，这是鼠兔。一旦看见人就会双手合十，看上去像是在祈祷，很有灵性。"

蓝堇时心中一暖。

"快点上去吧。"华素年不放心地交代。

秋季的草原上经常能看见各种各样的野生动物，它们才是这片草原真正的主人。

几千年游牧文明使这片土地仍然是动物们的天堂，牧民祖辈相传着生命平等的理念，人与自然依旧和谐相处。

一路上山，小鼠兔时不时出现。每每见到蓝堇时站立不动，鼠兔们都双手合十，待她发愣的时候，鼠兔们机灵地钻进洞里，真是有趣极了。

"蓝书记来了，蓝书记来了……"上次来时见到的小姑娘眼神极好，远远地看见便带着弟弟妹妹们下来迎接。

蓝堇时把布袋里的一个塑料袋拿出来递给小姑娘，气喘吁吁地问："阿妈在哪里啊？"

小姑娘甩了甩辫子，把蓝堇时的布袋接过来，背在身上快步往家里走去，都不带歇息的。

蓝堇时不禁赞叹，果然是喝牦牛奶吃酥油长大的孩子，体力就是好。

"阿妈在挤奶准备打酥油，在那边。"小姑娘这一次不再认生。

蓝堇时赶紧往山坡的另外一个方向走："你们在家等着，我去帮你阿妈干活。"

翁姆把衣服放在一侧，蹲在地上挤牛奶，一边哼着挤奶歌："洁白的牛奶像大海，酥油曲拉（打酥油时把油捞出剩下的奶渣）堆成山，年轻的母亲不离群，后代如河不断流……"

她看见蓝堇时，放下手里的活儿羞涩地笑："蓝书记……"

"姐姐，我帮你挤牛奶。"蓝堇时也把大衣脱下放在草地上，蹲着跟翁姆一起把牛奶挤进桶里。

"不可以的，这里脏得很，你也不会……"翁姆不放心。

"我会，我小时候跟着凤英长大的，什么都会。"蓝堇时闻着新鲜牦牛奶的味道，仿佛回到了小时候。

翁姆是一个很害羞的人，从始至终都不敢说话，只是默默地干活。

"蓝书记……"翁姆几次想要开口说话，又不知道怎么说起。

蓝堇时看着太阳落下山，赶紧起身："姐姐你们好好的，我过段时间再来看你们。"

"酸奶，酸奶……自己做的。"翁姆憋红了脸，不知道怎么感谢，递给她一桶酸奶。

蓝堇时无法推辞，只好拿着酸奶下山。华素年却问："有没有收获？翁姆姐姐跟你说什么了？"

"有一桶酸奶的收获，但是什么也没说。"蓝堇时神秘一笑，什么都不说，就是什么都说了。

蓝堇时纵身上马，小姑娘带着弟弟从坡上如同一阵风一般跑下来。

"小雪豹，小雪豹。"小姑娘一边嘴里喊着，一边舞动手中的东西。

蓝堇时赶紧下马，蹲在地上抱住朝她迎面跑来的两个小家伙："怎么了？慢点跑，别摔着。"

"我阿妈说这是送给你的帽子和手套。你每天都在外面跑，天气变冷了，肯定受不了。这是牦牛皮做的，我阿妈在里面加了一层牦牛绒，可暖和了。"小姑娘气喘吁吁道。

蓝堇时爱不释手，赶紧戴上帽子和手套。看来翁姆是一个很细心的女子，针脚很细密，帽子上还做了花纹装饰，手套有松紧调整，唯恐蓝堇时戴着不舒服。

看着帽子、手套，华素年说："牦牛浑身都是宝，可以让翁姆试试做一些手工艺品卖，也能养家糊口。"

"如果手工业能打开市场，这对江源村的妇女们来说，兴许是一个契机，这些女人就能养活自己，也能照顾家。"蓝堇时有点兴奋，打开了话匣子，跟华素年说了很多。

"女人们要是能挣钱是天大的好事。走吧，还有最远的一户人家要去，去到那里什么也别问，什么也别说。"华素年道。

蓝堇时不禁好奇，到底是怎样的人家，让他如此牵肠挂肚。

秋季的高原气候变化多端，一会儿晴空万里，一会儿又打雷下雨，蓝堇时和华素年只好找个地方躲着。

华素年很享受大自然的奇妙变化，说道："夏天，这一片还能见到黑颈鹤、天鹅、藏雪鸡，这是动物的天堂。"

蓝堇时心里赞叹着这片神奇的土地。

天晴了，马儿奔跑了一天确实是累了，蓝堇时不忍心再折腾阿金，摸摸它的脸，让它自由地吃草。她和华素年一起牵着马在无垠的草原上走着。

"你没有定位，怎么知道咱们要去的下一户人家在哪里？"走了许久，四周一片寂静，蓝堇时不得不怀疑华素年是不是真的认识路。

华素年回头道："放心吧，我是江源村的活地图，当初为了找合适的地方办合作社，我踏遍了这片土地。"

果然，一个小帐篷出现在不远处，里面的灯光荧荧，微弱的光芒在草原上显得那么珍贵。

"扎西哥哥，你来了，今天月亮圆，我就知道你会来的。"月光下一个人影飞奔而来，"大哥，大哥……"

"记住了，一会儿什么都别问，什么都别说。"华素年再次强调道。

蓝堇时摇摇头，不知道这家伙的葫芦里卖什么药。

华素年轻轻地抚摸小孩童的头："小白长高了，也长大了……这是姐姐，你可以叫堇时姐姐，我们一起来看看你。"

"太好了，太好了……快进屋快进屋。"小白热情地招呼，他的身上穿着羊皮袄子，头上戴着一顶小毡帽，脸上的高原红特别明显。

到了山的边缘，这才进了房子里，原本以为是帐篷，没有想到是个石头房，外面罩着布，看上去简陋极了。

蓝堇时进门扫视了一眼，并未看见大人，不管是床还是生活用品，都只是一个人的。

她很想问眼前这个只有十三四岁的小白，家里的大人去哪里了，怎么会一个人住在这种地方，难道他就不怕有野兽出没吗，但想到华素年再三交代的"什么都别问，什么都别说"，便只是看着。

小白也不知道从哪里掏出两个碗："你们喝点水吧。今天刚打的水，很干净的。"

家里陈设的物件儿也不知道用了多久，烧茶的水壶外面有一层厚厚的灰，两个碗却刷得很干净，很显然为了他们的到来特意做了一番准备。

华素年拿出布袋子，里面有晒好的肉干和一些青稞饼与面："先吃一段时间，下次月亮圆的时候我再给你带点过来。"

"不……不用，扎西大哥，我能照顾好自己，我有吃的咧。"小白打开盒子，里面的确有不少粗粮。

"哪里来的？是不是又偷了，我怎么跟你说的？"刚才还慈祥和善的华素年仿佛变了一个人，严肃得像一匹狼。

"不……不是，我给那片草原的人家干活，这是他们给我的粮食，我没有偷。"酥油灯下，小白的脸涨红了，眼中充满了委屈。

"真的是靠自己？"华素年再次询问。

"真的，我不骗你，你说过的，骗人会被狼吃。"小白努力解释，又说给那片草原的人家做了什么，比如带孩子、放羊、喂马……

小白给蓝堇时收拾好床之后，就在地上打起了地铺，一只黑色的小藏獒不知道从什么地方钻进来，很熟练地钻进小白的怀里，哼哼两声便轻轻打鼾。

小白拨弄身边的酥油灯，让光更亮一些："姐姐，你们骑马过来的还是开车过来的？累不累？"

"不累，这只小藏獒对你很好，它很喜欢你。"蓝堇时坐在床上轻声说道。

"这是扎西送我的，叫战神。我用羊奶把它养活的，我也很喜欢它。"小白抚摸着怀里的小藏獒。黑色的小藏獒毛茸茸的，不时睁开眼睛警觉地看看身边的华素年和蓝堇时，害怕这些外来者对自己的小主人不利。

蓝堇时不敢多问，靠在油腻腻的被子上怎么也睡不着，不时地还能听见"嗷呜"的狼叫和丛林中的鸟鸣，很难想象，一个小孩子怎么能在荒无人烟的地方生活了一天又一天。

这么懂事的孩子，他的家人怎么能忍心舍弃？为什么祁主任和老书记从来没说过这儿有一户人家？

炉子上的火渐渐熄灭，屋子里顿时凉了下来。

蓝堇时蹑手蹑脚地下了床，往炉子里加些牛粪，给小白盖好被子。

战神迷迷糊糊地看了她一眼，咂咂嘴又窝在小白的怀里睡去。

蓝堇时悄声走到屋外，华素年一个人对着火堆喝酒发呆，神情十分沉重。

蓝堇时坐在他的身边："小白他……睡着了。"

"小白的阿妈以前住在这里。小白很小的时候，他的阿妈就把他放在外祖父家里，后来外祖父母都不在了，他就来找阿妈，阿妈不知所终，只留下这一座荒废的屋子。小白坚信阿妈一定会回来的，就一直等啊等。

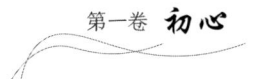

从发现他到现在,他从学校逃出来好几次,是个大家眼中的问题小孩,再也没有人理他。可是相处下来,我才知道小白是一个内心阳光的孩子……"华素年喝着马奶酒,将小白的身世娓娓道来。

第7章
草原深处有人家

"那……小白等到他的阿妈了吗？"蓝堇时担忧地问。

华素年摇摇头。

蓝堇时突然说道："要不，把小白带回去吧，他一个小男孩在这儿实在是危险……"

"我曾经带过好几次，每次都乖乖地跟我回去，再悄悄地跑回来，他的心中放不下他阿妈。"

蓝堇时默不作声了，她知道小小的人儿心中有一个执念：只要坚持等下去，阿妈一定会回来的。

"小白需要上学，需要获得知识，不能一辈子在这儿混吃……"最后两个字，蓝堇时终究是没能说出来。

华素年很认可，却又无奈道："慢慢来吧，激得厉害了，小白又要走了。其实，谁也不知道小白的老家在哪里，也问过附近草原的人，这

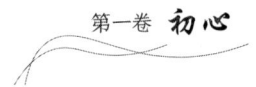

儿或许从来没有嫁进来一个女人,也没有走出去一个女人。"

"所以,小白根本不是江源村的?"蓝堇时叫起来,"这个神秘的孩子,到底什么来路?"

小白不知道什么时候抱着战神躲在蓝堇时的背后:"扎西大哥说我是石头里蹦出来的,孙悟空就是这样。"

蓝堇时赶紧给小白披上军大衣:"真是一只泼猴。"

小白靠在蓝堇时的身上:"我阿妈就是在这儿。我小时候来过这儿,我跟爷爷一起来看过阿妈,就是这个草原!"

"小白,你跟姐姐回村子,我家里有个叫凤英的奶奶特别好,她一定会喜欢你的。不管你是哪里的孩子,只要到了江源村的地界上,就是江源村的人,凤英当初也是这么跟我说的。"蓝堇时诚恳地发出邀请,紧紧地握住小白的手。

小白盯着她看了很久很久,终于还是摇摇头:"我要等阿妈,阿妈一定会回来的。"

蓝堇时沉默,华素年也沉默,小白低着头,靠在蓝堇时身上。

"堇时,如果真想要留在江源村做点事,这几天咱们就不回去了。跑遍这片草原,彻底看看江源村的牧民和全貌。我相信,你会因为这次回来而心安一辈子。"华素年长长的睫毛下,双眸像黑水晶一样闪烁着。

蓝堇时一边端酥油茶一边拿起糌粑,仿佛下定决心一般:"好,咱们就彻底把这片草原走一遍,可是小白怎么办?"

"我跟山那边的牧民说好了,他们要去驮盐巴,我去帮忙当小工,一定能养活自己的。"小白顿时来了精神。

蓝堇时还想再说点什么,却被华素年使眼色打断:"小白要注意安全，扎西大哥和董时姐姐等你。"

"我阿妈回来了，我就去村里，保证好好地读书。我阿妈是个慈祥的人，她转山的时候我上学，我放学回来就去放羊。"小白在脑海中描绘着将来跟母亲一起生活的画面。

天亮了，蓝董时和华素年将糌粑和馍馍都留下，把酥油也留下，悄无声息地离开了。

极目远眺，乌鸦在林子中凌空而起，老鹰低旋而歌，云边的秃鹫在枯黄草地上映照出身影。

蓝董时心中一阵伤感。

"从小白那里出来你一直闷闷不乐的，放心吧，小白自己生活了那么多年，他知道该怎么照顾自己。咱们再给他打听打听他阿妈的消息，等有消息了他就会乖乖地回学校上学。"华素年安慰道。

行至一处有水草的地方，旁边有几户人家，可惜的是如此水草丰美之地，竟然看不到一只羊、一头牛，只有几匹马和几只威风凛凛的藏獒。

藏獒的眼神极其厉害，老远就冲着他们叫，吓得马儿驻足不敢往前。

"奥特曼，奥特曼，不要叫啦。"华素年在山边喊道。

声音回响不绝，藏獒的怒吠忽而变成了兴奋，它高兴得在草地上打转，摇着尾巴吭哧吭哧地跑来。

"小雪豹，那只藏獒是我接生的，它还记得我。"华素年也变得跟藏獒一样兴奋，急忙策马奔去。

"这么美的地方不养牛羊真是可惜了。"蓝董时再度感慨。

突然，从一处帐篷里出来一位皮肤黝黑的老人，亲切地与华素年行贴面礼。

蓝堇时也纵身下马，与老人行贴面礼。

华素年这才介绍道："丹玛老人，这是我们村子刚来的书记，今天我们一起来拜访拜访您。"

"扎西德勒，女干部们少见得很嘛，进屋吧，进屋吧。"丹玛老人双手合十，给蓝堇时送去最诚挚的祝福。

华素年一边进屋一边介绍道："丹玛老人很厉害的，你一会儿进去就知道了。"

刚刚进了帐篷的客厅，蓝堇时便目不暇接，在黄金、白银以及铜制品中间流连忘返，一阵感叹。

"这些都是我儿子的作品，我年纪大了，这门技术都传给了我的儿子。"丹玛老人给华素年和蓝堇时盛上热腾腾的奶茶。

蓝堇时转头一看，发现在帐篷的角落里坐着一个小伙子，长得眉清目秀的，在工作台上叮叮当当敲打，聚精会神地将绿松石和红珊瑚镶嵌在腰带上。

"扎西德勒。"蓝堇时朝丹玛老人的方向鞠躬致意，不忍打扰专注的小伙子。

华素年坐下才开始介绍，丹玛老人的祖父是康巴有名的腰刀艺人，这父子相传的手艺已经传承了好几代，也有许多人慕名前来学习。

丹玛老人同时也是这一片生态保护区的工作人员，平时大部分时间都是在草原上照顾儿子。

小伙子忙完自己手头上的活儿，这才打招呼："扎西德勒，阿爸啦，你看看我新做的女式腰带，这是一位商人为妻子定制的，我手里的活儿太多了，阿爸啦，你也不帮帮我。"

"小伙子真能干。"丹玛老人对儿子总是保持着那份慈爱与赞许。

蓝堇时被精美的腰带吸引过去，看着花纹细致、立体感强的作品，不由得一阵阵赞叹。

从始至终，小伙子都不曾站起来，蓝堇时突然意识到问题的严重性。

华素年和丹玛老人坐在外面的帐篷聊天，蓝堇时忙着清理帐篷，清洗一些生活用品。

草原上只有两季，青翠笼罩的夏季和白雪皑皑的冬季。河水淙淙而过，沿岸的水已经结冰。在这一片萧瑟的寒风中，他们像一家人一样围着炉子坐下，吃起了藏式火锅。

华素年几杯酒下肚，声音哽咽："白玛以前是个优秀的护林员，后来因为救一只藏原羚摔下了山，双腿就再也没有站起来。辛好他从小学习藏刀锻制工艺，如今手艺已经炉火纯青，很是难得。"

蓝堇时抿了一口酒，赞许道："藏刀锻制是国家级非物质文化遗产啊，这是很了不起的。"

"书记啦，我家白玛腿脚不方便，生态保护区的活儿他肯定干不了。你能不能想想办法，等我死了以后，你们多多地照顾他。"丹玛老人最是心疼这个小儿子，"家里就剩我们两个人了，我不在了，一切都要靠我们白玛撑起来。"

蓝堇时的鼻子发酸，可怜天下父母心啊。"放心，您放心，白玛手艺好，自己能挣钱养活自己，日常生活上我们会多照料他的。"蓝堇时毫不犹豫地答应了。

丹玛老人如释重负，欣慰地笑出了声。

蓝堇时在笔记本上画了一个简易的地图，并且标出了翁姆、黄秀、小白、丹玛老人的家，注明他们的生活情况、特殊技能，希望回去的时候能整合信息，做一番别样的事业。

回去的路上，华素年从怀里拿出腕带显摆："刚才离开的时候，白玛给你送了一个小玩意儿。这是腕带，上面有红珊瑚、绿松石和玛瑙。你看，黄金叶片多美。"

蓝堇时吓了一跳："华素年，你怎么好收别人的礼物？这是不符合规定的，咱们去还给白玛，这是多么珍贵的东西啊。"

"急什么，慌什么，我把钱放在白玛的工作台上了。我欠你一份生日礼物，今天补给你，行吗？"

蓝堇时让阿金跑得很快，对华素年的话不予理睬。

一晃几天过去，蓝堇时终于骑马在这片草原上走出了印迹。她认识了很多手工艺人、牧人、草原英雄……那本牛皮格桑花笔记本记得密密麻麻的，对108个贫困人口的状况也了然于胸。

回到江源村，凤英早早骑着三轮摩托车在村口等候，手中挥动红色的布绸："小扎西，小雪豹……我在这儿等你们啊。"

下马的时候，凤英的眼泪在眼眶中打转，凶巴巴的拳头打得华素年和蓝堇时直咧嘴。

第 8 章
凤英的香皂

蓝堇时顺势抱住凤英,带着讨好的笑,在她怀里撒娇:"人美女,你真的生气了?我看看,怎么还哭了呢?"

凤英生气地要踢华素年几脚:"你不是答应帮我照顾小雪豹的吗?白白嫩嫩的一个小姑娘交到你手上,跟你出去没几天,你看看都成什么模样了?"

"凤英,我们去的地方你也知道的,信号时有时无,保护区里面连电都没有,我们也没办法联系你嘛。"华素年挽住凤英的胳膊,帮她擦干眼泪,心里很过意不去。

"你看看丫头,脸晒得黑黢黢的,衣服的颜色都看不出了,都怨你。"凤英用手在蓝堇时的脸上轻抚,满眼都是心疼。

蓝堇时的确大变样了:因为在草原上遇到冰雹和大雪,她的头发粘在一起,高原上紫外线很强,原本皮肤白皙的她也顾不上做什么护肤,

现在晒得黑黑的。

凤英转过身悄悄地擦眼泪,嘟囔着:"早知道那么辛苦,我就不希望你回来!谁家的孩子谁心疼,都怨小扎西没有照顾好你。"

"好啦,下次我出去的时候帮你家丫头带上伞,最好我们开车去,风吹不着雨淋不着,我错了好不好?"华素年觍着笑脸哄老太太高兴。

老太太这才放心:"那……回去吃饭吧,我给你们准备了肥嘟嘟的羊肋巴。知道你们回来,我去了一趟县里,买了不少青菜和水果,我家丫头要好好补补。"

"这么说我还沾小雪豹的光了。凤英,你肯出钱买东西真是难得。"华素年迅速跑回商店,有好吃的还等什么。

"小扎西,这么一袋烟的工夫吃了半盆肉,你怎么不知道客气客气啊?!"凤英大喊。

华素年调皮地一笑,坐在桌子旁优哉游哉地喝桑葚酒,右手拿着一块羊排:"都是自家人客气什么啊,你们也别客气,多多吃啊。"

"皮死了,没羞没臊的。"凤英佯装要打人,手高高举起,却始终舍不得落下。

蓝堇时坐在炕上,像一头饿极了的狼,在小桌子旁大快朵颐,此时也顾不上什么形象了。

"哎哟,慢慢吃,不要着急,你的后面没有狼追你。"凤英忍不住啰唆。

"凤英,这个肉做得很香,还有汤吗?给我来碗汤。"华素年吃得两只手油滋滋的,心情也变得大好。

蓝堇时赶忙道:"我也要碗汤。"

"好好好，可怜的孩子们，这就去给你们准备。"凤英迅速离开。

草原上的草膘羊肥而不腻，没有一点膻味，用三江源的水炖出来，肉香带着雪域和青草的味道，真是人间极品。

祁主任趁着凤英不在，溜进来坐在一旁看他们吃："书记啊，是不是在草原上天气不好啊？看看你们这一身。"

"别提了，先是狂风，接着是大雨冰雹，最后还哗哗地下雪。我们就是这么饿了一天，淋了一天，可怜死了。"华素年赶紧诉苦，可脸上却挂着满足的笑容。

祁主任吧唧吧唧嘴，轻轻咽了咽口水，不由自主地坐在炕上："凤英做的肉还真挺香，好吃不？"

"少来啊，老祁，这是给我小子和丫头做的。你要吃的话厨房有汤，你喝点汤就行，别跟娃娃们抢。他们都在草原上饿了好几天了，没水没电没信号的，这你也抢。"凤英迅速过来，毫不客气地把祁主任的手打下来。

祁主任一脸无辜："我来是汇报工作的嘛，我喝点汤就大蒜也成。小雪豹啊，这几天你和小扎西不在，我家侄小子和侄丫头从城里回来，他们俩不断地找你们呢，跟我说了好多好多，我也听不明白，就等你们。"

"真的？是不是宝莲和宝珠回来了？太好了！"听到这个消息，华素年终于不再顽皮，将手里的肉递给祁主任一块。

祁主任嘿嘿笑了笑，得意地看着凤英，举起手中的手抓肉晃了晃。

"宝莲和宝珠是做什么的？"蓝堇时问。

华素年笑着说："宝珠是哥哥，之前在外面打工，去年就回来创业了，很可惜没有成功。宝莲是妹妹，前任书记把她送去学电子商务，在城里有自己的网店,现在宝珠给妹妹打工。"

蓝堇时一听就来了兴趣:"有自己的网店,主要卖什么?"她正愁很多计划没有实施的平台与合适的人选,马上就有人主动送上门了。

"他们店里卖的东西多不多,生意怎么样?"蓝堇时又给祁主任拿了一块肉。

祁主任边吃边道:"我也不知道。"

华素年赶紧道:"卖的都是咱们这儿的特色产品,牛羊肉、黄菇、洋芋、大蒜、花椒、小菜籽油、青稞、燕麦等,可是生意不太好,也不知道是怎么回事。我上次答应宝莲给她联系一个电商方面的专家看看。"

"好啊,我过几天正好要去县里,县里也有相关的培训班,让兄妹俩再去学学,跟着政策走准没有错。"蓝堇时的确是想去申请一些相关补助,她要在这儿建立一个互联网线下基地。

凤英看着两人吃得差不多了,赶紧出来赶人:"行了行了,我们家丫头要休息了,一天天都是没完没了的工作,地球离了我们丫头不转是不是?刚从草原上回来,脸都没时间洗一把,看被你们折磨的。"

祁主任拿了两瓣蒜乐呵呵地离开:"小雪豹,不要忘记啊,我改天就把人给你带过来。你们都是年轻人,宝莲的普通话说得好,歌儿也唱得好,舞也跳得好。"

"哦呀,哦呀,放心吧。"蓝堇时早就累得一塌糊涂,连声答应。

蓝堇时打水洗脸,忽然叫道:"凤英,这个香皂你是从哪里买的?又香又滋润,很舒服呢。"

"熊孩子,叫什么啊,这是我自己做的牦牛奶香皂,用了花瓣和一些香料当辅料。草原上的风很硬,咱们女人要对自己好一些。这个也很适合宝宝用，拉姆的小闺女你瞧见没有？大家都有高原红，就小闺女没有，拉姆从小就给她用我做的香皂。"凤英可得意了，给蓝堇时的盆里添上热水。

"凤英，你做这种香皂麻烦吗？用料贵不贵？"蓝堇时把香皂拿在手里研究，"你多做一点，我拿到青洽会上谈谈销售吧。"

凤英在外面顺手把衣服洗了，一脸骄傲："当然好啊，在我们这儿，用牦牛奶洗脸护肤的习惯已经有很多年的历史了。我的手工香皂在小扎西的客户那里大受欢迎呢。牦牛浑身是宝，我们要好好利用。"

"凤英，你答应我，等香皂打开市场了，你教教村里的妇女们，让她们也有一笔收入，存点私房钱好不好？"蓝堇时趴在桶上，跟凤英讨价还价。

凤英眉开眼笑："只要我家丫头有需要，我肯定是全力以赴。只是……你让妇女们出来做工，难啊……"

"难也要做。"蓝堇时坚定地说。

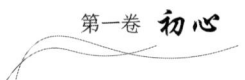

第 9 章

宝莲的电商事业

第二天,天刚蒙蒙亮,小米伽先敲开了门。小家伙不知道从哪里得到了一顶藏式帽子,戴在头上相当帅气。

"扎西德勒,小雪豹,你看看我像不像是做生意的商人?"小米伽牵着小马驹,脱帽致意,黝黑的脸蛋洋溢着快乐的笑容。

"小米伽,对不起,本来说要去你家里的,可是耽误了。"蓝堇时连忙道歉。

"没关系啦,姐姐,听说你走遍了草原,你有没有看见卓玛,我跟你说过的卓玛,她也很想上学,你有没有给我带去口信,说我会在学校等她?"小米伽紧跟在后,像一个小跟屁虫,说话的口音想来是跟华素年学的。

蓝堇时打开村委会的大门,转身道歉:"对不起,小米伽,我在草原上都问了,叫卓玛的女孩子很多,可是没有你说的那个年纪的卓玛,对不起，你能告诉我具体一点吗？"

小米伽怅然若失，眼神顿时失去了光芒。

蓝堇时感觉愧疚极了："我们去找小扎西，小扎西肯定认识你的小卓玛，好不好？我们晚上一起去找你阿妈，请求她同意你去上学。"

蓝堇时坐在椅子上一会儿的工夫，一个年轻的女孩子——穿着牛仔裤和一件大毛衣，打扮得相当时尚——进门便问："请问蓝书记在不在？"

"你是宝莲对不对？我正等你呢，主任和小扎西都跟我介绍过你的情况，很了不起的女孩子。"蓝堇时赶紧起身。

宝莲是个开朗的女孩子，给了蓝堇时一个大大的拥抱："蓝书记，我可算是找到你了！我现在跟你说说我开店的具体情况，因为县上房租贵，咱们主要的产品还是在江源村，所以，我遇到大大的困难了。"

"什么困难？不要着急嘛，慢慢说。"小米伽的眉头皱成了"川"字。

宝莲被小米伽的小模样逗得发笑，小米伽的动作和说话的神态，跟华素年如同一个模子里面刻出来的。

小米伽一溜烟地跑出去，给两位女士端茶倒水。

宝莲坐下后盯着蓝堇时："之前听说书记是刚毕业的研究生，我以为是书呆子，没想到是个大美女。"

"叫我堇时或者小雪豹都行，回到江源村，咱们就是一家人了，有需要的地方你尽管开口，咱们一起解决困难。在咱们村子里，懂电商的就你一人，需要你这样的人才。"蓝堇时说的是真心话。

宝莲也认真地说道："现在的困难主要是发货问题。虽然说是电商，可也要收货发货啊。很多时候货物供应不上，发货太慢，客人们都很失望。村子里的电时有时无的,我也没办法。城里的房租贵,我和哥哥来来回回地跑,很耗费时间,实在是太麻烦了。"

"关注店铺的人多不多,之前生意好不好?"蓝堇时关切地问道。

"都是一些老顾客带着新顾客,生意说不上好,也说不上坏,反正就是不怎么挣钱。我阿爸说了,如果还是这样,就让我把网店交给哥哥,让我去相亲嫁人。我可不想这么早就结婚,上次我阿爸带我去相亲,我非常不满意。"宝莲说起相亲结婚的事情很恼火,"堇时姐姐,你是在北京读过研究生的,你给我出出主意。"

蓝堇时点点头:"明天我们一起去一趟县里,去看看有没有合适的政策,再去找快递公司谈一谈,如果咱们的生意做大了,或者说咱们凑够多少件货物,能让快递公司的专车隔两天来拉一次。"

"好啊,还有……我跟你说,我哥哥做啥啥不成,现在又想跟我一起合伙做藏家乐,我们这里压根就没有人来旅游,谁乐啊?我们自己乐吗?"宝莲万分苦恼。

不一会儿,小米伽将两杯热腾腾的熬茶端来,顺带还拿来了一个茶壶。

"宝莲姐姐,我阿妈和阿姐可不可以去给你帮忙,她们都非常能干。"小米伽拉住宝莲的手,祈求宝莲给他家里人一个工作的机会。

"机灵鬼,明天就让她们来试试。"宝莲轻轻敲着桌子,又带着蓝堇时离开村委会,"走,我们去合作社,我还要跟合作社谈合作呢。"

小米伽跨上自己的小马驹,宝莲开着越野车,蓝堇时坐在车上。

"宝莲,这是你买的车吗?"蓝堇时问道。

宝莲羞涩地笑笑,眼神里却有掩盖不住的骄傲,那张俊俏的脸愈发明艳:"这是我用第一桶金买的车。"

蓝堇时赞许道:"看来宝莲店长把网店开得很好嘛!我们想办法把你的网店做大做强,来带动咱们江源村脱贫。"

"我还能带动江源村?堇时姐姐,你可别拿我开玩笑,我阿爸说我能养活我自己就不错了。"宝莲看向蓝堇时,江源村那么多人,她一个女娃娃,大家能看得上她的帮助吗?

蓝堇时笑道:"你太谦虚了,要互相帮助才能口袋里有钱,日子才能过得更好啊,你和小扎西不也是互相帮助吗?"

"都是大家在帮助我,当初我注册电商的时候,我们县上没有人懂,是县里的干部们带我去省里,还有绿色通道,两个小时就把我的手续全部办好了。刚开始没有打开销路,是小扎西带我去学习取经的嘛,大家都在帮助我,我该怎么做才能帮别人?"宝莲一双墨黑色的眼珠犹如宝石般明亮。

宝莲与蓝堇时到达合作社时,华素年正忙着给员工开会。

宝莲只好跟蓝堇时在合作社里到处转转:"堇时姐姐,你说,电商能行吗?我总觉得偏远的牧区和现代化的电子商务联合不起来,太难了。"

"不难,一点也不难,我来之前也做过调研,很多地方的牧区特产都卖得很好的。"

宝莲打开自己的手机给蓝堇时看:"这是我的网店,现在就卖一些特产,产品也比较单一,牛羊肉都是从扎西哥哥这里进货,可是我还想做点别的。"

"我待会儿打个电话问问,看看上面有没有扶持,如果有的话就更

好了，咱们可以慢慢开发一些新产品。对了，凤英的手工香皂做得很好，很保湿很滋润，凤英又会刺绣，手工牦牛奶香皂配上一个漂亮的包装，会不会好卖？"

"当然可以，等会儿我去凤英那儿拍些照片，然后做一些产品介绍试试。"宝莲道。

小米伽骑着马儿跑到她们身边："我阿妈也会做，记得给我阿妈也留一个位置。"

"小家伙真是做什么都不忘记家里人，你阿妈应该很骄傲。"宝莲轻轻拍拍小米伽的背。

宝莲带着蓝堇时进了屋子："堇时姐姐，我还想开发点别的项目，在我的网店里卖，你再帮我想想，还有什么？"

"还有咱们经常吃的，在外面却买不到的。"蓝堇时又说，"我看见主任家里有各种各样的小木盒子，那些精美的手工木盒子，一定会很受欢迎。"

"太好啦，堇时姐姐，你还记得那个落魄的阿旺吗？阿旺的手工做得很好，草原上的花他都能刻出来。"宝莲仿佛看见了希望，激动得手舞足蹈。

"俩丫头在这儿闹什么呢？外面的牛羊也跟着兴奋起来了。今天早上，我组织多吉那些小伙子们给牦牛唱歌，牦牛听了很高兴。"华素年端着一壶冒着热气的奶茶进来。

宝莲笑得前俯后仰："你们都唱歌给牦牛听了，牦牛没给你们唱一首？"

"据说，给奶牛们听音乐有助于提高产奶量。"蓝堇时来之前是认真做过功课的。

华素年给他们倒了奶茶，咸香的味道很是诱人。

宝莲突然笑起来："我去城里的时候，我的同学请我喝了一杯什么海盐奶茶，也是咸咸的，但还是没有我们草原上的奶茶好喝。如果以后有很多外地人到我们这儿旅游，尝尝我们的奶茶，就知道不比什么网红奶茶差多少。"

"好想法！对了，宝莲你今天来找我有什么事？"华素年问。

"扎西大哥，刚才和书记商量了，我想把我的网店开到咱们村子里来，直接在村子里收购牧民的产品，你帮我养点高原上的鸡，盈利咱们对半分好不好？"

"我没有时间养鸡啊。不如这样，把养鸡的事派发到各个牧民家里，如果他们愿意养，咱们就负责提供小鸡和技术。"华素年连忙说道。

"这个主意不错，一旦鸡卖出去了，牧民就多了一笔收入。"蓝堇时拍手赞同。

蓝堇时在草原上挨家挨户地动员养鸡，可是大家都不怎么乐意，只有妇女主任同意了。安顿好养鸡的事，蓝堇时把阿金带回家，又乘坐大巴向县城奔去。

蓝堇时在摇摇晃晃的大巴上正睡得迷糊，被猛然间的刹车惊醒。

大家都在议论："司机撞死人了。"

"一个死人躺在司机的车底了。"又有人这么说。

还有人说："刚才司机是不是打瞌睡了，所以才会撞死人？"

司机也慌了神，吓得脸色惨白，急忙下车，乘客们也陆陆续续下车。

这辆车是村与村、村与乡之间通行的大巴，大家伙相互都认识。

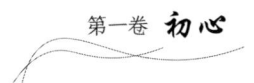

"呀,小雪豹,这不是你们村的阿旺吗?你快点来看看。"车下有个男人喊道。

"喂喂喂,你快点醒醒,你怎么睡在马路上,司机们开车万一不留神撞到你怎么办?"司机慌乱地喊道。

阿旺一脸醉意:"你是司机嘛,没有听说过这个名字。"

"阿旺,赶紧起来,你怎么跑这里喝酒了。"蓝堇时下车,赶紧把他拖到路边。

车上的人纷纷跟司机解释,这是一个醉鬼,平时总是喝醉的状态,让司机安心开车,不要害怕。

阿旺缓缓睁开双眼,看见蓝堇时:"书记啦,你怎么在这里?正好我的酒没有了,给我打一斤酒来嘛。小扎西喜欢你,你去小扎西那儿再给我来两斤风干肉肉嘛,我会感谢你的,我会为你祈福的。"

"阿旺,你怎么又醉成这样?躺在马路中间多不安全哪。"蓝堇时递给阿旺一瓶矿泉水。

阿旺喝了两口:"这个酒也好得很嘛。"

"姑娘,你还走不走?咱们都赶路呢。"一个老人家在车上喊道。

又有人说:"不能走吧,要是这个醉汉到处跑,醉醺醺地睡在草原上,晚上会冻死的,那就是天大的罪过。"

"你们先走吧,我打电话找人把他拉回去。"蓝堇时只能在原地等着,让大巴先回县里。

华素年和祁主任正在县里开会,研讨种植的事情。她只有给多吉打电话。

阿旺躺在公路边哭了起来:"美味的青稞酒也浇不灭我心中的火,

心爱的姑娘啊，你再也没有了消息……"

"阿旺，你振作一点，你这样下去可怎么行？"蓝堇时手足无措，如果阿旺是没喝醉的状态，她还能把他扶起来。现在的阿旺比一头牦牛还重，别说扶起来，就是拖也拖不动，只能等多吉过来再说。

"小雪豹啊，你不知道我多难受，好好的一个家，现在什么也没有了。我到处赊酒喝，谁也不愿意理我，那我以前有钱的时候也不是这样的，都嫌弃我，哪里都不要我。"阿旺拖住路边的一棵树，紧紧地抱着哭。

蓝堇时安慰说："别怕，一切都会好起来的，你有手艺，我们已经商量过给你找个事情做。"

阿旺哭得稀里哗啦，难过的时候又引吭高歌，破铜锣一般的嗓音吓得乌鸦秃鹫都在空中盘旋。

"我要死了，小雪豹，我要是死了就让秃鹫吃掉我。阿妈说秃鹫来了，人就要死，就让我死掉吧。"阿旺冲着天空大声喊。

此时竟然下起了雪，雪大团大团地落下，公路也渐渐被打湿，四周变成白茫茫的一片。

第 10 章
放在合作社里的孩子

天黑得极快,风雪也越来越大,呼啦啦地割在人的脸上,公路两旁都是看不到边际的草原,根本没有一个可以躲避风雪的地方。

多吉的车子迟迟不来,蓝堇时的手机一直打到没电状态,也没人再接电话。

阿旺瘫坐在路边号啕大哭。

尽管天寒地冻,风似刀子,蓝堇时思前想后,还是把自己的外衣脱下来盖住阿旺,醉酒的人稍不注意就会发生意外。

雪越来越大,公路上一辆车也没有,牛羊群也没有,蓝堇时就这么瑟缩着等了三四个小时。

终于,在一片黑暗中看见了车灯的光。

见到蓝堇时和阿旺,多吉一个劲儿地道歉:"对不起,书记啦,真对不起,合作社那边遇到点事情,老板又不在,家里的人都没了主意……"

"别说了，快点把阿旺弄上车，他都快要冻死了，回去肯定得生病。"蓝堇时和多吉一起用力，终于把阿旺拖到了后座上。

多吉把车子里面的暖风开到最大，看见蓝堇时的模样，心中特别过意不去。

"合作社里有人匆匆放下一个娃娃，让照顾一下，然后就跑走了。"多吉满脸抱怨，"等大家反应过来，已经找不到那个人了，吓得我们抱着孩子到处找她的爸爸妈妈。"

蓝堇时诧异地看着多吉，又看看身后的阿旺。

"那是多大的孩子？最后呢？孩子怎么样了？"蓝堇时急切地问。

多吉叹了一口气："放在凤英那儿了，一个吃奶的女娃娃，长得瘦瘦小小的，一点也不壮，真是的……"

蓝堇时点头："没事，凤英会照顾得很好的。"

"我阿妈也这么说，凤英会给孩子念嘛呢（取自藏传佛教六字真言'唵、嘛、呢、叭、咪、吽'），为孩子祈福。"多吉的心里也敞亮了不少，又看见后面呼呼大睡的阿旺，"阿旺叔怎么了？又去哪里喝那么多酒，脸上还有伤，该不会被人打了吧？"

"不知道，刚才躺在马路中间，差点就被车子轧过去。"蓝堇时满脸担忧，心里还惦记着那个孩子。

"多吉你慢点开车，下雪的天气，如果撞到动物就不好了。"她又交代道。

回到凤英的家里，老远就听见孩子的哭声，蓝堇时的心头一紧。

"造孽哟，谁这么心大，把娃娃随便给人看着。堇时啊，你可得好好查查，这么小的娃娃怎么能离开父母呢？多吉抱过来的时候，这娃娃就裹着

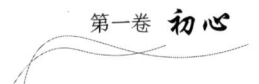

一块毡布，冻得浑身发青发紫。"

当天晚上，凤英和蓝堇时都围着那个孩子转，孩子似乎极度缺乏安全感，总是需要人抱着才不哭，想来这段时间也是饿极了，每次喝羊奶的时候就跟小狼一样，一口气就能咕咚咕咚喝下大半碗。

凤英心疼得直掉泪："这也太不负责任了。公狼母狼还会照顾自己的崽子，人连畜生都不如吗？"

蓝堇时把孩子裹在被子里轻轻地拍着，看凤英在灯光下做针线活，她在裁制一件小小的衣衫。

"明天就知道是谁的孩子了，凤英，我小时候是不是也这样，要人抱着才肯睡觉？"小娃娃紧紧地握住蓝堇时的手指，咂着嘴，紧蹙的双眉总算是舒展了。

凤英笑了："你小时候可不这样，你小时候很乖，说什么你都能听得进去。你瞅瞅这娃娃，还没满周岁吧，怎么就会皱眉了，以前肯定生活得不幸福。你小时候多幸福啊，大家都喜欢你，恨不得把你偷过来养。"

孩子在蓝堇时的怀里拱了拱，不时地睁开眼睛看看抱着自己的人，突然叹了一口气，安心地睡了。

"凤英，如果这孩子找不到父母，咱们就先养着吧，明天我去乡里报备。"蓝堇时心生怜悯。这个孩子太可怜了，大人总以为小孩子什么都不懂，可是小孩子什么都懂，要不然也不会发出小小的叹息。

凤英赞许地看向蓝堇时："我们家丫头做得对，不管你说什么我都支持你。我年纪还不算老，我们能养得活，也能养得好，将来也把娃娃送到北京去念书，跟你一样有出息。"

蓝堇时幸福地笑出了声，这个声音惊动了怀里的娃娃，她也微微睁眼露出了纯真的笑容。

次日清晨,蓝堇时醒来的时候,只看见娃娃身上里里外外都焕然一新。贴身的衣服是用蓝堇时的睡衣改的,柔软舒适,外面的小棉袄是凤英连夜做成的,还有各式各样的图纹,最中间的地方绣了一朵格桑花。

蓝堇时知道,这是凤英给孩子的祝福,希望这个孩子也像格桑花一样顽强。

太阳升起的时候,整个江源村都知道蓝堇时和凤英家里捡了个奶娃娃,纷纷过来看热闹。

一个女人突然喊起来:"昨天出门的时候我看见阿旺提着一个篮子,篮子里面像是个孩子,阿旺还支支吾吾说不是。"

"我也看见了,阿旺到处要牛奶羊奶的,大家说只有小扎西那里有。"宝莲阿妈也惊呼起来,"这孩子会不会是阿旺的?"

"不会不会,阿旺的女人都走多久了,他一个醉汉从哪儿捡个孩子回来?"大家议论纷纷。

蓝堇时抱着娃娃出门:"我去合作社找阿旺,昨天下午阿旺喝多了,说过有女人来找他,不知道是不是真的。"

凤英锁上门,启动三轮摩托车:"丫头,我们一起去。"

"孽障啊,阿旺这样的人怎么能当爸爸呢?这孩子要遭罪了。"宝莲阿妈连连叹息。

在去合作社的路上碰见了阿旺。阿旺正急匆匆地往村子里跑,看见蓝堇时立马跪下,吓得凤英连车把都抓不稳。"阿旺,你疯了吗?咋跪在这儿?到处都是雪,赶紧起来。"

"书记,凤英,谢谢你们。"阿旺胡子拉碴,浑身上下都是酒气。

蓝堇时明白了:"你快点起来吧,别跪着,昨天喝成那样,别再受了风寒,到底怎么回事,咱们去合作社说。"

"你们先走,我这一身酒气,不能熏到孩子,我跑过去。"阿旺站起来,看见蓝堇时怀中的孩子安然无恙,那张丧气的脸总算是有了颜色。

凤英重新发动摩托车,在雪地上驰骋,一边喊:"丫头,这娃娃真的是阿旺的吗?我算算时间啊……"

"看阿旺刚才紧张的模样,我觉得八九不离十。"蓝堇时抱着小娃娃,让她看看草原的景色。小娃娃的头上还戴着一顶小帽子,这是今天早晨桂兰送来的。

合作社里暖融融的,大家都在分钱,小扎西今年又给合作社的几十户人家每家分了几沓厚厚的人民币。

上一季度,乘着"牦牛与青稞产业发展三年行动计划"的东风,合作社的牦牛、青稞、奶制品等特色农牧产品在展会上签了大订单,挣了不少钱。

"怎么全部都是现金,你们不知道有一个地方叫作银行吗?"凤英瞪了小扎西一眼。

"知道啊,可是小扎西说只有拿到真金白银我们才能感觉到丰收的喜悦,如果只是卡上的数字,就没有这么高兴了。"多吉拿着钱,开心地笑着。

华素年赶紧拖着一脸风霜的阿旺进了屋子,把其他人都打发出去。

"你什么情况?昨天的事情我都听说了,那孩子真是你的?怎么想的啊,把孩子放下就跑,也不交代一声,你的心咋那么大呢?"华素年劈头盖脸就是一顿责骂。

阿旺还没说话，豆大的泪珠子落下，挂在胡子上，竭力地解释："昨天那个女人找到我，我被她灌了太多酒。他们都说你这里有羊奶、牛奶，孩子不会饿着。这不……想着孩子给合作社里的人看一下，我去把那个女人追回来。谁想到喝多了半路上我就醉倒了……"

"卓嘎，我的小卓嘎没事吧？有没有被冻着？"阿旺扑向蓝堇时怀中的娃娃，娃娃一下子没有适应过来，放声大哭。

凤英目不转睛地盯着他："你别吓着孩子！你确定这娃娃是你的？是哪个女人生的？"

阿旺远远地看着孩子，眼神中有掩饰不住的疼爱之意，那双手好几次想要去抱娃娃，可是娃娃一被他碰到就哭。

"阿旺，凤英问你话呢，好好回答，这个孩子是哪个女人给你的？是不是你的娃娃？"蓝堇时生气地问，对阿旺的行为还是无法理解。

阿旺蹲在地上，眼泪又忍不住涌出来："是我的，那个女人你们都不认识。我前年拿着小扎西借的钱进城，想要开一家店，就认识了那个女人，我们后来就在一起了。谁知道……她说要帮我去拉萨进货，拿着钱一去就没回来……"

"你啊你啊，让我怎么说你呢？！"凤英恨得牙痒痒，她完全不知道阿旺出去还有这么一出。

阿旺擦了一把眼泪："我也不知道怎么回事，那个女人昨天就找到我，说她又要结婚了，这个孩子没办法养，就把孩子扔给我了。"

"好了，我知道了，可是你现在能养得活这个孩子吗？你连住的地方都没有，经常在祁大大家的牛棚里凑合。"蓝堇时抱着小卓嘎，实在

不敢相信阿旺能养活小卓嘎。

华素年思前想后:"阿旺,如果你愿意把酒戒了,就到我的合作社里来,我按月给你开工资,你再去学个技术。"

"好,好,我一定学,我一定会养活小卓嘎的。"阿旺信誓旦旦。

蓝堇时看着怀里的小人儿,终究还是不放心:"现在有一个活儿,宝莲的微店需要精通雕刻的木工来做手工艺品,像是小匣子啊之类的,她提供材料,负责销路,你负责生产,你觉得能行吗?你在村子里,大家都监督着也能放心,等卓嘎大一点你再学别的技术。"

"我愿意生产,愿意的。"阿旺忙不迭地点头。

蓝堇时看着阿旺:"那你先住村委会吧,等以后条件好了,再建一个房子。"

阿旺用袖子擦了一把眼泪,想要抱小卓嘎。

小卓嘎别过脸,看也不看阿旺。

"你先收拾收拾你自己吧,一股恶臭的味道,合作社的藏獒都比你干净些。小卓嘎香喷喷的,才不愿意让你这样的人抱。"凤英把阿旺拉出去,让多吉带着他去洗洗,找一身干净的衣服换上。

阿旺被多吉剪了头发,剃干净胡子,洗干净后换了一身整洁的衣服重新进门。

蓝堇时和凤英相视一笑,阿旺总算是恢复了人的模样。

华素年叹了一口气:"阿旺,巴颜喀拉山的寺院正在修建,我可以去说说,你先去那里工作。堇时这边也给你安排了一些做手工艺品的活儿,你看你愿意吗?孩子需要营养,你们也需要住的地方。"

"愿意愿意,我都是当阿爸的人了,我要为孩子着想。"阿旺点头答应，却又放心不下小卓嘎，"我去工作了她怎么办？"

"我给你照顾小卓嘎，等你工作回来了建起自己的房子，小卓嘎再跟你团聚。"凤英大手一挥，把带小卓嘎的事情包揽在自己的身上。

阿旺感动得说不出话来，双手合十不断地说："凤英，我会发愿，给你念上多多的嘛呢，祈求上苍保佑你们。"

凤英和蓝堇时抱着小卓嘎回到小商店，华素年驱车赶来，从怀里掏出一万块钱递给凤英："这是阿旺预支的工钱，非让我带来给你，说这是给小卓嘎花的钱。如果花不完就存着，将来建新房子时可以用。"

随后他对蓝堇时说："堇时，我正要跟你商量，明天咱们得去一趟县里。上次钟教授他们回北京之后，计划建的那个中药材种植基地，省里已经批复了，这对我们江源村来说是好事，县上要正式实施了。"

"是吗？我怎么没接到电话啊？"蓝堇时赶紧把手机拿出来，手机不知道什么时候又没电了。

华素年赶紧从手机上把明天开会的资料调给蓝堇时："你看看吧，钟教授已经看上了咱们县上的5万亩地，有一部分就是咱们村子的。县上特别支持，省上的资金也在申请中。"

蓝堇时看着手机上的文件，轻轻地敲打脑袋："这么一来，咱们又有一些贫困户可以找到工作，赚钱养家，这是好事。"

"是的，但是现在主要是涉及地的问题。明天再去实地考察、现场研究吧。"华素年道。

第二卷　守望

第 11 章
老龙的信念

华素年与蓝堇时到县里开完会,苦口婆心地邀请与会的领导和专家们去江源村的中药材种植项目基地看看,于是一行人驱车往草原上去。

经过三个小时的颠簸,大家来到了江源村另外一面的草原。

刚一下车看到四周草原的状况,钟教授等人就一阵惋惜,大家都表情凝重。

"刻不容缓啊,牧区脱贫说起来简单,做起来难啊,怎么奔小康才是重中之重,特别是江源村!"县里的领导在说话的时候看向蓝堇时。

蓝堇时的脸上火辣辣的:"由于气候、鼠患和过度放牧的原因,我们江源村这一片土地沙化很严重,将近百分之六十的草场都沙化了。"

忽然,一阵寒风呼啸而过,大家纷纷用手挡住自己的脸。

可就是这样,他们还是"噗噗噗"地往外吐沙子。

华素年道:"江源村是进来一次,就不想来第二次的地方,只有钟教授他们这些年孜孜不倦地来我们这里做研究。夏天的江源村，除了识途的老马敢进村，没有人敢开车过来，再好的越野车也有可能陷进沼泽地，这些都是亟须解决的困难。"

钟教授介绍道："在平均海拔4500米的高寒地区种植中药材，是我们的科技攻关项目，我跟中科院以及各地农业大学的专家学者经过长时间的研究，掌握了相关技术，希望能够给牧民带来新的收入……"

"如果流沙地能用于种植，对生态、对百姓来说都是好事。如果引入中药材种植，就能把当地牧民留下。"蓝堇时的两眼放光，好不容易有一个机会，她一定要牢牢把握住。

回到江源村，蓝堇时就组织牧民在村委会开会。怎样才能让牧民同意将手里的土地使用权转让出来是最棘手的问题，特别是那几个顽固的牧民，他们未必肯同意放弃牧场，将流沙地变成种植地。

滚烫的奶茶在炉子上冒着热气。

祁主任率先说道："其他人我有信心，反正都已经沙化的土地，转让出去还能拿一笔钱。但是老龙嘛，他肯定不愿意。"

蓝堇时看了一眼手表："要不，咱们去找老龙两口子聊聊，天气这么冷，他们肯定在家的。"

蓝堇时的心劲儿十足，好不容易争取来的中药材种植项目，她可不愿意这么放弃。

"祁大大，等咱们回来我请你吃凤英煮的开锅肉，肉嫩嫩的，汤香香的，里面还有土豆，绵绵的，特别适合你这样的牙口。"蓝堇时使出美食大招。

祁主任听说有吃的便眉开眼笑，去凤英那儿推来三轮摩托车。

蓝堇时坐在后面，祁主任一拧摩托车的把手，顿时，草原上的风在耳边呼啸而过，此时此刻，什么都感觉不到了，只剩下寒冷。

也不知道开了多久，祁主任把车停在一个帐篷前面。

祁主任推门而入，只见几个老人悠闲地围着炉子坐着。帐篷里面很安静，只有炉子发出吱吱的声音和帐篷外面的风声。有个老人带着一只羊，羊很安静地靠在老人的身边，仿佛也很享受这样静谧的时光。这就是老龙。

"扎西德勒。"蓝堇时和祁主任同时道。

"老祁来了，小雪豹也来了，冻不冻？快喝一碗滚烫的奶茶暖暖。"老龙喊道。

"老龙叔，我找你是想说……"蓝堇时的话刚出口，就被祁主任打断："我和小雪豹就是想接你回去，外面下雪了，你一个人不好走，羊也不好走。"

"这个天气越来越不像话，辛苦你们来接我。我习惯了，带着这只羊转山。这条路一下雪就冻着，车子不好走。"老龙呷了一口奶茶。

帐篷外的这条盘山路是通往外面的唯一公路，公路沿着山体而建，一侧是高高的山，另外一侧是深深的峡谷。

每到冬天，这条路都会变得格外危险。遇到冻路的时候，如果司机的技术不娴熟或者是打瞌睡，将会产生可怕的后果。

老龙转过头："祁主任，小雪豹，你们先回去吧，我在这儿还有事，你们先回，不用等我了。"

他黝黑的脸上出现了担忧，默默地领着身边的羊出了帐篷。

祁主任在蓝堇时的耳畔小声地解释道："老龙是在担心儿子啊。每到下雪天他都会来这条路上等着，盼着一辆大货车出现，盼着大货车上下来一个人，那个人是他儿子。"

老龙的羊是他的宝贝，他当成亲人一样养着，不管走到哪里总会把羊带在身边。老龙讲，那头羊是儿子离家那年生下来的，当成一个寄托养在身边，时间长了，羊变成了老羊，可是儿子还是音讯全无。

老龙给羊喝了一点酥油茶，轻轻抚摸它的鼻子："走吧，老伙计。"

蓝堇时看着老龙步履艰难，在雪中慢慢地走，又从羊背上的袋子里抓出白色的晶体撒向路中间，那是盐。

蓝堇时跟在老龙的后面，学着老龙的样子，将盐撒在公路上。

老龙感激地看向蓝堇时，风雪中，老龙哈出的热气消散："你是一个善良的姑娘。"

祁主任干脆把羊驮着的东西放在三轮车上，开着车子慢慢地跟在后面，看着眼前的老人和女孩，心中竟然产生了莫名的温暖。

走了一段路，老龙又说："听说你是从大城市里来的，我儿子也去了大城市，前几年还会打电话给老祁，这几年连电话都没有了。你要是出去看见我的儿子，请你一定要告诉他回来看看，他的名字叫作尕龙。

"我告诉了每一个我遇见的人，他们都在帮我找儿子，找的人多了，我的儿子就回来了。我总想着有一天从我对面开来一辆大大的车子，我的儿子从车上下来，告诉我和他阿妈，他不走了，就在家里陪我们。"

老龙的家里收入不多，勉强能维持生活。可是每年夏天，他都会去盐湖驮盐，等到秋冬下雪的时候，他就把盐撒在公路上。公路上结冰的雪碰到盐就会融化，这条危险的路也就没那么滑，司机和车子也有了一定的安全保障。

刚开始老龙是为了儿子做这件事，久而久之，就把这件事当成了信念。他在驮盐的时候盼望着，在撒盐的时候盼望着……盼望那个迷途的旅人能回来——回来喝上一碗滚烫的酥油茶，吃上一口家乡的糌粑……

盐巴在公路上飘散，落在结冰的地上，最后冰融化成水，看见这个过程，忧心忡忡的老龙眉头又舒展了几分。

有了蓝堇时的帮助，老龙撒盐也快了一些，他对眼前的姑娘也渐渐有了信任。

老龙依旧往前走着，蓝堇时于心不忍，悄声问祁主任："祁大大，你们没有帮老龙找过他儿子吗？多可怜啊，要不咱们去找找，他儿子不是给你打过电话吗？电话号码还有吗？"

"嘘！"祁主任紧张地做了一个手势。

蓝堇时只好讪讪地跟在老龙身边，一把又一把地将盐撒向公路。

偶尔有开车的司机经过，看见他们的举动，都会点头致意。

老龙不厌其烦地送上祝福："扎西德勒。"

"你是一个善良的老人。"蓝堇时跟老龙说道。

"我这么对别人，别人也会这么对我的儿子，他们在外面的人都不容易啊，如果能多一些温暖，家里人也多一份放心。他阿妈天天在家里念叨，吃饭的时候想着儿子在外面有没有饿肚子，睡觉的时候挂记儿子有没有地方落脚。"老龙累了，靠在山岩上歇息。

直到把老龙送回家，蓝堇时也没提土地流转的事。她不知道该怎么开口，不忍心伤害这两位年迈的老人善良的心。

两位老人的房子外，被人画了大雁的图案。邻居的孩子说，这些

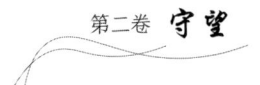

大雁是老龙太太让画的,大雁能传递人的想念,飞啊飞,就飞到了儿子的梦里,儿子梦见传递想念的大雁,就会回家。

如此纯真而又浪漫的思子之情,蓝堇时被深深地感动了……

祁主任进了凤英的小商店,看见桂兰还在忙,他很主动地下面片。

"丫头,当年小扎西希望把老龙退化的草场重新种植然后搞牧业,刚刚提个话头,老龙就生气赶人,吓得小扎西现在都不敢跟老龙说话。那家伙真是犟得很,认定的事情不会改变的。"祁主任把面片揪进滚烫的水里。烟雾起来,土豆羊肉散发出浓郁的香味,将祁主任的老花镜蒙上一层厚厚的雾。

蓝堇时赶紧过来帮忙:"祁大大,他们的儿子究竟在哪里啊?说不定找到他们的儿子,土地流转这个事就成了!"

祁主任用手在空中划拉了半天,想要在一团雾气中看见蓝堇时的脸,他长长地叹了一口气:"唉……"

第 12 章
通向远方的路

凤英从工作室冲进来,手中拿着一个小本子对桂兰说:"忙不过来呦,哎呀呀,必须得请三四个帮忙的人嘞,今天咱们净赚了一千块钱啊。过上一段时间,我们肯定能越挣越多,要是村子里多几个年轻人就好了。"

"年轻人多啊,都是在外面打工的。"祁主任接过话茬。

凤英突然问道:"听小米伽说你们去找老龙了,他不在家吧?是不是还在山上?土地流转的事情老龙不能答应吧?那家伙就是个老顽固,一心一意地要把家里的地留给儿子。也不看看那些地都成什么样了,又不能种东西更不能放牛羊,老家伙肯定骂人了,有没有打你?"

"没有没有,老龙是个心地善良的老人。外面下大雪,公路冻住了,老龙在转山的时候给地上撒盐巴,冻路上的冰就化了。"蓝堇时解释道,害怕凤英为了护着自己,又跟别人起争执。

凤英叹了一口气:"那条路啊……再也带不回老龙家的尕龙咯。"

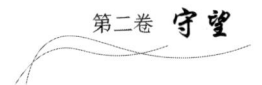

蓝堇时也知道事情并非那么简单，诧异地看向祁主任。

祁主任点燃烟，却被凤英熄灭："丫头说了，二手烟对孩子不好，小卓嘎还在呢，你别抽了，都快要吃饭了。"

祁主任无奈地将烟放到桌子上，抱起手舞足蹈的小卓嘎。

"我弟和尕龙都是开车的司机，就在四年前的一个冬天，我们家接到了一个电话，他们俩……没了，车子掉下山，只剩下铁皮。我阿爸阿妈年纪大了，哪里听得这个消息，老龙夫妻俩更是把尕龙当成希望，所以……以前的书记交代我们不要告诉老人，我和老祁悄悄地带着那两个年轻人去了天葬台……"桂兰正在剥蒜，说话间泪流满面。

祁主任好几次把桌子上的烟拿起来又放下，终于还是出门抽烟去了。

凤英继续道："全村人都知道尕龙的事，可是没有一个人敢去告诉老龙实话。以前不知情的人都会问老龙，尕龙什么时候回来啊，老龙总说快了快了。后来老书记怕两口子知道真相，每年都会找人带东西回来，假装是尕龙孝敬老人的。"

蓝堇时听得心里难受得很，眼泪吧嗒吧嗒地往下落，江源村的牧民多么质朴啊，他们在用自己的方式维系着老人的希望。

从这以后，每有闲暇，蓝堇时就陪着老龙转山撒盐。老龙的羊徐徐地跟在公路旁，身上驮着盐巴。老龙有时候不忍心看见羊背着重物，时不时地会从羊身上解下盐袋背在自己的身上。

老龙站在原地歇息，羊也站在原地歇息，他们都已经上了年纪，实在不堪重负。

蓝堇时从老龙身上接过盐袋，费力地背在自己的身上，往冰冻的公路上撒了一把盐："我们去县城、从县城回来都要经过这条路。如果尕龙知道你在为司机们做善事，一定会高兴的，他会回来的……"

蓝堇时的眼睛盯着远方，不敢看老龙。

老龙笑了起来，又跟着蓝堇时撒了一路的盐，随后找了山上的一个背风的地方，从羊身上取下小铁锅，就地取材煮起了奶茶。

他从袋子里拿出一块酥油掰碎给羊舔，羊很享受酥油浓郁的味道，在风雪中安然地享受这一刻温暖的时光。

小铁锅里煮着奶茶，由于天气太冷，香味仿佛在空气中被冻住了，浓郁而不散开。

过路的司机猛然间刹车，讨好地对老龙说："撒盐爷爷，请你给我一口酥油茶吧，开车时间太长了，喝一口酥油茶提提神。"

老龙笑容满面地对司机说："哦呀哦呀，我家的牛奶是最新鲜的，酥油也是刚打的，茶里还带着青草的香味，喝了一定会有精神。"

他把小铁锅里的奶茶倒进司机的保温杯里，然后献上吉祥的祝福。

"司机啊，你要是去拉萨看见我儿子，麻烦你给带个口信，你说家里的阿爸阿妈、牛羊都在等他回家，家里不用他拼命地挣钱啦。新书记来了，我们一定会过上好日子的。"老龙在司机关上窗户之前还不忘记交代一句。

蓝堇时递过来奶茶碗："老龙叔，你也喝点暖暖，大家都会记得你的好。"

"丫头，你再陪我走上一段路就回去，哪有当领导的天天跟个没用的老人转山。在公路上撒完盐，我今天就住在洞里了，点燃一盏酥油灯，司机们也能看得见。"老龙摸摸身边的羊，给它舔了几口酥油，又开始了漫长

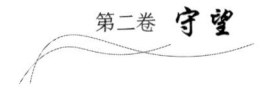

的转山。

蓝堇时看着大朵大朵的雪从天上往下落,这条公路上只有老龙和一只羊,着实让人不放心。

"老龙叔,我叫小扎西开车过来,咱们一起回去吧。天越来越冷了,路上也不好走,你住山洞里实在是太危险。"

"不危险,不怕,转山的人都是善良的,有山神保佑呢,那些野生动物是山神的义子,它们也会保护我的。"

老龙渐渐打开了话匣子,开始跟蓝堇时说起可可西里动物王国的神话故事。他是一个善良的老人,说出的故事多是动物是有灵性的,猎人是恶魔变的,正义永远能战胜邪恶这样的情节。

蓝堇时认真地听着,与老人一前一后,每人戴一只厚厚的牛皮手套往路上撒盐。

"这个手套好得很嘛,是不是凤英做的?又结实又耐用还很暖和,丫头,这样的手套我再买上一双留给尕龙,你去问问多少钱。"老人稀罕地看着手上的手套。

蓝堇时抿嘴一笑:"这是心灵手巧的翁姆姐姐做的。"

漫天大雪里,他们顶风前行。祁主任开着一辆车追上来,他还是个新手,开得异常小心。

祁主任摇下车窗,着急忙慌地道:"小雪豹,快上车,村里出事了,小扎西也不在,大家都害怕,凤英叫我赶紧来寻你,快上车。"

"丫头你快去,别管我了,这么晚来找你肯定是大事。"老龙赶紧把蓝堇时推上车。

蓝堇时一下没坐稳,在后座上紧紧地拽住右上方的把手:"祁大大,开慢点,咱们到底去哪里,怎么了?"

　　身后的老龙不断地挥手示意,嘴里还高声喊着。渐渐地,风雪将老龙的声音吞没,将他的身影也吞没了,从车子的后视镜里再也找不到风雪中的黑点。

第 13 章
车到山前必有路

祁主任紧张地把着方向盘，走了一会儿，才将原因慢慢道来。

"小雪豹啊，你今天晚上要跟我们一起去趟州上，或许明天还要去一趟省里。尤大大家的儿子阿杰，多好的小伙子，可怜死了，放牛的时候被野牦牛顶了一下，肚子破了，被路过的好心人送去医院，医生说得特别特别严重，乡里都治不了，必须要去州上。"

蓝堇时的心一阵颤抖，知道事态的严重性："赶紧送州上啊，还等什么？"

"我们普通话说得不好呗，以前小扎西在的时候都是小扎西带牧民出去看病的。这几天小扎西有事出差了，牧民马上想到了你，丫头，看病的事情就交给你了。"祁主任目不转睛地盯着前方。

赶到乡卫生院，得知阿杰已经被卫生院开车送州医院了。蓝堇时和祁主任赶紧去追。行驶到后半夜，他们才赶到州医院。州医院的大夫说阿杰伤得实在是太严重，州医院的设备有限，已经被紧急送到省医院了，一起去的还有几个援助支医的北京大夫。

蓝堇时和祁主任刚出医院大门，便看见阿杰父亲尤大大佝偻的身影，他身上还落着雪花。

尤大大喘着粗气，背后背着一个布袋，眼中散发出疲倦的光芒，他跟着蓝堇时上了车。

祁主任尽量把车子开快点。尤大大心中焦灼，快速地念着嘛呢。

蓝堇时把一块馍馍递给尤大大："别担心，马上就到省医院了。"

尤大大用长满老茧的手把那个一直紧紧拽着的布袋子递给蓝堇时。

"丫头，我把钱交给你，我普通话说得不好，也没什么文化，不知道医生说的是什么意思。你去到医院不要害怕花钱，跟医生说用最好的药，只希望阿杰能好好的。"尤大大郑重说道。

蓝堇时打开袋子一看，里面散发着浓浓的酥油味，是一堆不同面额的钱，有百元的、五十元的、二十元的……很显然这是父子俩攒了很久的钱。

祁主任也说："你就拿上吧，这是老尤对你的信任，他只信你，也信你能和医生很好地沟通。"

这个油腻腻的布袋子，不仅是老尤家里的希望，也是全村人对蓝堇时的希望。

蓝堇时眼中泛着泪光："大大，别担心，有我在。"

到省医院的时候已经是上午十点钟了。祁主任开了一夜的车，到达医院的时候那根紧绷的神经终于放松，整个人就跟泄了气的皮球一样松垮地躺在医院的走廊上打鼾。

医院的手术室外人山人海，都是在外面等候的家属。有些牧民蹲在角落不断地念嘛呢，祈祷正在手术的亲人安康。

尤大大也找不到地方坐，学着那些牧民蹲在角落里，虔诚地拨动手上的念珠，发愿祈求儿子的平安。

护士突然出来大声叫家属。

蓝堇时冲上去与护士交流，尤大大已经紧张得跪在护士的面前，双手合十在地上磕头，嘴里不断道："大夫，求求你一定要救救我儿子，他是个善良的好人，求求你们。"

年轻的小护士吓得退缩了两步，求助地看向蓝堇时。

蓝堇时赶紧把尤大大扶起来："尤大大别急，护士不是出来说坏消息的，让咱们去取药，别急啊。"

阿杰到晚上才从手术室出来，手术很成功。得知儿子一切安好，尤大大又给医生、护士们跪下，老泪纵横："真是谢谢你们了，太感谢你们了。"

"老人家快点起来，这都是我们应该做的。"医生赶紧把尤大大扶起来，对蓝堇时说，"草原上来的人呀，特别淳朴，心比金子还要珍贵。"

次日清晨，祁主任和蓝堇时开车往回赶。

阿杰被抢救过来了，手术很成功，回到江源村可以对大家伙有个交代了，所以两个人的心情非常好。祁主任慢慢开车，蓝堇时也有时间欣赏道路两旁的风景。

"一定要在开春前把土地流转的合同拿到，要不然就来不及了。钟教授好不容易给我们申请的中药材种植项目，是咱们村脱贫的好时机。"

"不要愁眉苦脸的，不是有一句话叫作'有山就有路'吗？"祁主任安慰道。

一阵沉默之后，蓝堇时恍然大悟："祁大大，你要说的是'车到山前必有路'吧？"

"对对，我就是这个意思嘛，你是上过大学的，我说的话你都能理解。"祁主任笑得合不拢嘴。

过了巴颜喀拉山，风雪渐渐地大了起来，天色也逐渐黯淡下去，雪花密密匝匝地打在窗户上，能见度极低。蓝堇时也不敢再闭目养神，不断地跟祁主任说话，害怕开了一天车子的他疲倦过度，不小心出个事故。

到达江源村又是夜半，转山的老龙依旧在靠近山体的地方搭了一个简陋的帐篷，外面挂着一盏光芒微弱的灯。

车子驶近帐篷的时候，祁主任踩了刹车，看见老龙还在风中哆嗦，似乎是刻意等候他们。

蓝堇时和祁主任赶紧进了帐篷，老龙端上滚烫的奶茶，奶茶里还撒了盐巴，锅盔也在炉子旁热着。

"我算了算时间，就知道你们可能这两天回来。我躺在地上，能听得到车子隆隆的声音，起来一看果然是你们，阿杰怎么样啊？没事了吧？孩子要是出意外，当父母的就伤心死了，唉……希望我尕龙在外面好好的，希望神明保佑他。"老龙把火加大，又给蓝堇时掰了些锅盔。

蓝堇时连忙道："阿杰已经脱离危险了，医生非常厉害，手术很顺利。阿杰是年轻人，可以快快地恢复，等他好了，就可以回来了。"

老龙特别愿意听到这样的消息，脸上乐开了花："孩子们都好好的，大家都平安吉祥，我们江源村就好好的。"

"哎呀，我听宝莲说在外面大医院做手术要很多很多钱，他们是不是卖地了？他们家的地跟我们家的地挨着，我们说好都留给儿子的。"老龙又开始担忧起来。

在他的概念中，草场是留给后代的，雪山也是留给后代的，就连江源村的河也是留给后代的，他们要珍惜每一寸土地每一滴水，把更多大自然赐予的财富留给子子孙孙。

"放心吧，书记给办了新农合，出院时能报销大部分。现在政策好得很呐，不像以前，生个病也不敢看，能忍就忍，忍不了就认命。"祁主任解释。

老龙也表示赞成："你们喝完就赶紧回去吧，家里老小都等着。雪天路滑，你们慢点开车，知道你们要回来了，我在这座山上又撒了一遍盐巴，很安全。"

蓝堇时颇为感动，路虽难走，总有人在暗暗守护着他们。

从山路回江源村有十公里的距离，山路盘桓，雪花纷飞，祁主任把车灯打开，那一束光照得极远极远。

极目远看，灯光的笼罩下出现了一个身影。

"是凤英吗？真是凤英啊！"祁主任大声喊道。

车子停在凤英的前面，她穿着一身军大衣，怀里还抱着小卓嘎，鼻子被冻得通红，小卓嘎却在她怀里睡得酣甜。

"凤英，快上车，雪下那么大，外面那么冷，你怎么还跟小卓嘎在这儿等着。万一我今晚不回来怎么办？你们要守一夜吗？一老一小的也不怕冻坏了，家又跑不了，我还能不回家吗？"蓝堇时心疼坏了，赶紧把凤英和小卓嘎拉上车。

"阿杰怎么样了？没事吧？"凤英焦躁地问。

祁主任连忙说："省上的大夫好得很，进去手术室出来就好了，休养一段就能恢复啦，放心吧。"

"丫头，有一件事我要跟你说，小扎西这几天也不在，我们家门口来了个小乞丐，说是找你的。我怎么叫他都不进去，犟得很，就在咱们家门外搭个小帐篷住下了，你说怪不怪？"凤英满脸疑惑地说道。

第 14 章
唱一首思念的歌

蓝堇时在脑子里思索半天，依然没有头绪，她怎么会认识小乞丐呢？

直到祁主任把车子停在小商店跟前，才看见一个脏兮兮的孩子，身上穿着一件并不合身的袍子，头上戴着一顶不知道哪里捡来的毡帽，上面飞絮乱舞，分不清哪里是棉絮，哪里是雪花。孩子身后，还跟着一只瘦弱的小藏獒。

祁主任摇下车窗看了一眼那个孩子，对蓝堇时说："呵，这孩子可真是有意思啊，丫头你可要关照好。"

那个孩子一直盯着蓝堇时看，两只眼睛滴溜滴溜地转，终于喊了一声："姐姐。"

蓝堇时定睛一看："小白？快，快进屋，小白你怎么来的？那么冷的天气你怎么从山里出来的，冻坏了吧？饿不饿？"

小白被蓝堇时生拉硬拽地往屋里推："你小小年纪客气什么啊，我早就跟你说过的，凤英的家就是你的家，快点进来吧。"

　　小白进了门，对屋子里的一切都感觉到好奇，四处张望着。他这辈子还没见过这么好的东西，就连桌子上装青稞炒面的盒子都那么精致，雕刻着祥云，他忍不住想要摸一摸，却又退后两步。

　　蓝堇时将厚厚的大棉衣脱下，又跟小白说："屋子里炉子烧得热，凤英带小卓嘎去睡觉了，这儿没外人，你别怕，把外衣脱了，水烧热后擦一把脸，看你脏成什么样了。"

　　小白不好意思地看看自己，脸红红的不说话，也不敢坐下，显得特别拘谨。

　　蓝堇时从锅里捞出凤英炖好的肉，将一旁的面下进肉汤里，又把烤好的土豆放在桌上。

　　"饿不饿？吃吧！"蓝堇时把小白拉到小桌子旁，递给他一块热毛巾。

　　小白擦擦手，听到蓝堇时发话，如同一头饿狼般拿起肉就狼吞虎咽起来，一旁的小藏獒战神也跟着啃骨头。

　　原来小白和一些人去驮盐，最后被骗了钱和粮食，他和战神饿坏了，不得已才来向蓝堇时求助。

　　晚上睡觉的时候，小白悄悄对蓝堇时说了一个大秘密：自己其实是个女孩子，只不过为了生存，假扮成了男孩的模样。蓝堇时又吃惊又心疼，一个小丫头能在草原上生存下来得受多少苦啊！

　　小白被强行留在凤英家里住下了，头发虽然短短的，但是换了女孩的衣服——当然还是凤英做的。她主动承担起照顾小卓嘎的任务，勤奋得像一只小蜜蜂，永远不闲着。

才过去两三天的工夫，小白就嚷嚷着："蓝姐姐啦，我想回到草原上去，那里有我阿妈留下的房子。冬天来了，说不定阿妈带着牛羊转草场就转到草原上，我就能见到她啦。"

屋子里的火炉烧得旺旺的，小白的脸被照得通红，怀里的小卓嘎特别喜欢这个姐姐，一个劲儿地腻着她。

屋外的战神很喜欢下雪天，在院子里面追着雪花玩。凤英在工作室里忙碌："小扎西也真是的，我找他去给我进点香料，怎么半天也不拿来？"

"扎西大哥要来吗？太好啦，我特别想念他，战神也很想念他。"小白立马手舞足蹈，"见了扎西大哥我就回到草原上去。"

"小白，你要上学，像你这么大的孩子都是要上学的，我已经给你联系好了学校……"蓝堇时放下手中的笔。

小白一听说要上学，眼泪在眼眶里打转："那我阿妈怎么办？没了阿妈我就没有亲人了。他们都说我是野孩子，姐姐，我真的是野孩子吗？"

"当然不是，你还有我，有小扎西，还有凤英，"蓝堇时于心不忍，"你可以去学校学画画，将来画出阿妈的模样，找起来就更容易了。"

这个提议让小白眼前一亮。

蓝堇时鼓励道："一般善于观察的孩子画画都是很好的，我记得你给战神画过对吗？就在沙土上画的。等你去了学校，跟着老师学习之后，你一定能画得更好。"

小白歪着脑袋沉思。

"在那东山顶上，升起白色的月亮。玛吉阿米的容颜，浮现在我的脸上……"凤英突然唱起歌，这样的歌声更让小白沉醉。

小白想了许久，终于道："我要去上学，我一定要画出阿妈的样子。"

蓝堇时和凤英相视一笑，小白终于同意去上学了，这是值得高兴的事。

没过多久，小白又蹙着眉头，抱着战神在一侧发愁："都说了可以画出阿妈的模样，可是，我阿妈的模样我都快忘记了，就记得她爱笑，特别爱笑……我不敢说出来，我怕说出来蓝姐姐和凤英会不高兴，如果我忘记了阿妈的模样，她一定会很失望的。"

战神哼唧了一下，在小白的身上蹭了蹭。

突然一阵车子疾驰的声音，战神一边欢腾地跳跃，一边发出兴奋的吼叫声。

华素年的车子停在门外，带来了书包和新衣服："小白，我听小雪豹说你要去上学了，这是我给你买的东西。咱们上学了就是学生了，可不敢再像以前一样说跑就跑。凡事有个规矩，我已经嘱咐小米伽，让他监督你。"

小米伽正骑着小马驹站在门外："小白，扎西德勒。"

小白狠狠地瞪了一眼小米伽。小米伽愣了愣神，第一次见面怎么就不招人待见呢。

"小白，我的小马驹可以借给你。"小米伽大方地套近乎，用手抚摸战神的头，"战神的爸爸是我家的藏獒，我可以带你去我家看看。"小米伽不愧是草原上的社交王，不一会儿就把小白逗得哈哈大笑。

华素年靠近蓝堇时，急切地问："老龙还是不肯松口吗？还要把地留给儿子吗？"

"慢慢来吧，不能逼迫，他年纪大了，不像年轻人那样想得开。明知道土地上长了狼毒花就会沙漠化，再也不是青青的草场，却还是坚持守着，不可能让他太快转变观念的。"蓝堇时似乎把心态放得很平和。

老龙仿佛知道蓝堇时会来找他似的，他今天没有走太远。在公路上撒盐累了，他就顺势坐在山岩下休息，徐徐地熬上一壶奶茶，在风雪中慢慢品味。

他慈祥地看着那只陪伴自己多年的羊："辛苦你了，老伙计，咱们今天歇歇吧。"

到了冬季，公路上来往的车辆就越来越少，安全起见，大家一般不会选择这个季节来到江源草原。

蓝堇时和华素年裹得厚厚的，提着曲拉和炒面去找老龙。

老龙看见蓝堇时，脸上绽开了笑容，赶紧拿出一个搪瓷茶缸："丫头来了，快点来，我刚刚煮的奶茶，香得很哩。"

在高原上，越是到了冬天，体力越是跟不上。蓝堇时喘着粗气，才走了一阵子，已经浑身发热，脸上冻僵，鼻涕呼之欲出。

华素年帮她拂去身上的雪花，又把曲拉和炒面放在一侧："老龙叔，这些天肯定辛苦了，这是给你带的东西，可别把自己熬坏了。最近越来越冷，来往的车辆和行人也少，咱们还是回去吧，家里人等着呢。"

老龙在牛蹄壳里点燃一盏很小很小的酥油灯，在漫天大雪中照出了一丝光亮。他对着微弱的灯光唱起了歌。

蓝堇时听不懂老龙的歌里唱的是什么，只是在那些长调中感受到一个老人对儿子的思念。

唱完歌之后，老龙擦了一把眼睛，看见眼前的这些孩子，他总是会想到尕龙。

蓝堇时的心揪得紧紧的，从口袋里拿出曲拉："老龙叔，你吃点东西，或许等到春暖花开的时候，尕龙就会抱着孩子回来了，身边还带着一个漂亮的媳妇咧。"

"那敢情好，如果明年尕龙回来，咱们全村都来庆祝，篝火熊熊地燃烧起来，再多多买上些酒，咱们一起热闹。"

蓝堇时和老龙还在热情洋溢地商讨关于尕龙回来的事情，华素年在一旁终于看不下去，小声说："蓝书记，你别忘记咱们今天是来做什么的。趁着天气好，咱们就要去交土地流转的合同，年前把钱拿到，就不害怕冬天了。"

蓝堇时没好气地瞪了一眼华素年，老龙也变得相当警觉，好不容易扬起的笑容又消失了。

"丫头，你一直对我好，把好吃的好喝的保暖的给我，是不是有目的呀？就看中我老人家的那片地了对不对？"老龙站起身，头也不抬地往外面走。

蓝堇时赶紧跟在后："老龙叔，你别生气啊，现在那片土地已经荒漠化了，牛羊在上面会饿死的。国家也是提倡退牧还草，过几年生态环境好了，咱们再养牛羊也是可以的，对不对？"

"休想，你们这些外来人休想，那是我留给我儿子的。土地在，家就在，家还在，尕龙就算走到天边也会回来。丫头，你以后不要来找我了，我不可能给你的。"老龙领着羊就往公路上走。

蓝堇时跟着解释半天，从政策说到生态环境，从中药材项目说到生态扶贫，可是老龙无动于衷，满心思只想着儿子。

华素年也道："老龙叔，大家都想过得更好，做新时期的牧民，你怎么脑子就不转弯呢？你儿子要是愿意在那儿放牧，当初怎么还会出去开车？咱们种植中药材，将来挣钱也是给儿子留着啊。"

"丫头啊，赶紧回去吧，外面冷，以后不要来这儿白费力了。我的地只能留给我儿子，不可能卖掉。"

蓝堇时和华素年还在老龙身后跟着，既然来了，总要陪老人家走完这一条最弯曲的路。

"小时候尕龙总是问我，阿爸啦，为什么我们总是要搬家啊，我就告诉尕龙，我们搬家是给草原阿妈挠痒痒哩，这儿也挠挠，那儿也挠挠，草原阿妈就舒服了，草也变绿了，就会让我们世世代代吃喝不愁啊。"老龙想起往日的时光，脸上带着笑容，已然忘记刚才还跟蓝堇时吵架的事。

"谁知道也没过多少年，怎么就过度放牧了，地上长出了狼毒花，草原也荒漠化了。一个牧民没了草场，那还算一个真正的牧民吗？"老龙自顾自说道。

蓝堇时边撒盐边说："只要环境保护好，过上几年，咱们江源草原又会恢复以往的模样。"

"不要跟我说这些虚的，土地是肯定要留给尕龙的。"老龙坚决反对。

第 15 章
一定要发货

老龙继续沿着公路撒盐,路上的冰结了厚厚一层,司机们轻易不敢再走这条路,他却依旧坚守自己的信念:"土地在,家就在;家还在,尕龙就能回来啦。"

看着老龙的背影,华素年与蓝堇时叹了口气,只好先回村子里去。

刚刚回到家,凤英和桂兰急得像热锅上的蚂蚁,宝莲也在一侧焦灼不安地等着:"扎西大哥,蓝姐姐,你们可算是回来了,我们现在急着发货,可是货都运不出去怎么办啊?天气预报说风雪能停,可是刚刚停了一阵,现在又大了。"

"可不是嘛,这些手工香皂不怕变质,可是那些食物怎么办?我好不容易才收上来的。"宝莲都要急哭了,现在她的网店已经不仅仅是自己的,也是大多数牧民的希望。

"扎西大哥,你一定要帮帮我,现在路也封了,我们都出不去,可是买家要得很着急，咱们不能失信于人啊。"宝莲急得团团转，在小卖部里不断看着手机。

风雪渐渐地大了起来，手机信号也是时有时无的。

"好不容易上了推荐页面，我还以为能借此机会好好地给咱们江源村宣传，带动更多牧民一起加入电商行业来。还有翁姆姐姐，她放了很多手工艺品在我这儿卖，她的小儿子生病了，等着用钱呢。"宝莲边翻本子边说。

蓝堇时接过本子，只见上面密密麻麻记着牧民寄卖的东西。

"路都冻住了，咱们现在出不去，外面的车子也进不来，只能想别的办法。"蓝堇时第一次因为被困住而感到揪心。

江源村地处偏僻，每到风雪大的时候，唯一通向外面的公路都会被冰封，就算是有多年驾驶经验的老司机也不敢轻易进出。

老龙虽然说一路上撒盐，可也只能是安慰自己。他刚刚撒完一段路，另外一段路又冻住，车轮在冻住的公路上行驶，一不留神就会连车带人翻下山坡，后果极其严重。

"丫头，你给想想办法吧，大家都等着在宝莲这里把东西卖掉，换点钱过冬呢。"凤英看着外面的天气，脸上露出无奈的神色。她已经在江源草原过了大半辈子了，看一眼天空就知道接下来几天的气候，比天气预报还准。

"唉，没戏，要等天空放晴，真是难上加难。咱们还是得另外想办法，可不能这么耽误下去。"凤英叹了一口气。

凤英的小卖部里已经陆陆续续来了不少人，都是来找蓝堇时和华素年想办法的。

"书记啦，你是我们村的顶梁柱，咱们村子里大小事情都是等你发话的，当初你也说要我们支持宝莲妹子的工作，咱们这些女人忙完家里的事还得帮宝莲干活,现在……家里孩子们上学等着钱啊……"为首的一个女人先说。

"三奶奶,真是对不起,我没有现金在身边了,我保证,你的钱我一分不差都会给你的。"宝莲已经沉不住气了。

大山外面是全国各地等着要货的客人,眼前的是等着回款的乡亲们,宝莲陷入两难的境地。

"宝莲,当初我就说你不要把生意做得那么大,你先把钱给我开藏家乐,现在城里人就吃这一套。现在好了吧,家里也有好几拨人都等着问你要钱,他们说你的货卖不出去了,你这人咋这样?"宝珠蹲在地上,顺手在凤英的小卖部里抓了一把瓜子,嗑得满地都是瓜子皮。

凤英看见宝莲这个不成器的哥哥就来气,不想办法就算了,还在这儿说风凉话。

蓝堇时看着满屋子的牧民,又看着为难的宝莲:"你们都别担心,我保证宝莲的货能运到县城,也能从县城取钱给大家伙。咱们都先回去,我们一定能想出办法的。"

宝珠率先不相信:"哄孩子呢?宝莲,要不你宣布破产,你账户上的钱先给我,我帮你打发他们?"

"滚一边去,就算是走路,我也要把货拉到县上的快递站。"宝莲赌气道。

华素年冷冷道:"吵什么吵,还能亏了你们吗?咱们听书记的。"

牧民对小扎西的话还是能听进去的,不过他们想从蓝堇时那里得到肯定的答案。

"丫头,你可不能哄我们这些老人啊。"老人的眼里泛着浑浊的光,头上的帽子也破了个洞，如果不是万不得已，他也不会这般来逼迫一个小女孩。

"毛大叔，我不骗你。我已经想好了，跟宝莲一起用马车把货物拉出去，三天后，肯定会把钱带回来给大家，让大家度过一个暖和的冬天。"蓝堇时诚恳地说道。

宝莲的手心都是汗水，她原本只是想做做好事，却没想到走到了这一步。

"也算我一个，我也给书记和宝莲保驾护航，有我在，难道还怕狼吗？"站在门外的一个小伙子报了名。

"我也去，我骑马的技术好，再崎岖的山路也不怕。"另外一个小伙子也喊起来。

看见有人响应，蓝堇时的眼中泛着激动的光芒，众人拾柴火焰高，这么一来就不愁出不去了。

然而，有些老人拉住自家的娃娃："你傻啊，外面天寒地冻的，跟着去干啥？"

凤英的屋子里顿时出现了一阵沉默，大家伙看着外面恶劣的天气，刚才的豪言壮语一下又被风雪打击得烟消云散。

"没关系，大家等着就好，我们一定会把钱带回来的。"蓝堇时笑笑，特别理解那些老人的担忧。

一阵推搡之后，年轻人还是自告奋勇："我跟着去，我骑马好，我肯定是要跟小扎西一起的，阿大（阿爸）你不要拉着我……"

"好样的小伙子，等你回来我请你喝酒。"凤英赞许地看向他。

"我也跟着去，多个人多一份力量，晚上咱们就找个避风的地方安营扎寨，我就不信我们把这些东西送不出去。"老王喊起来。他是江源村出了名的光棍，快四十了还是孤家寡人一个，做梦都想挣钱娶媳妇。

年轻人一改方才的沉默，不管自家老人怎么阻拦，都纷纷举手要求一起去。

宝莲的哥哥犹豫了很久，低声嘟囔："那……我也跟着去吧，但是宝莲，你记得要投资我的藏家乐。你相信我，等我开起来，一定会有很多很多人来消费。到时候，阿爸阿妈也不用那么辛苦了，就给我的餐厅当服务员……"

"收起你那点小心思，我还不了解你？你爱去不去，没人求你，我还有那么多大哥大姐帮忙，用不着你。"宝莲恼火。

自家的亲哥哥反而是最后一个举手说要帮忙的，刚才需要人的时候他去哪里了？宝莲的嘴角抽动，原本想多唠叨几句，却被阿爸拉住。

华素年低声跟蓝堇时计划："那咱们明天早晨就出发，走小路去，晚上就能到镇子上，只要到镇上就会有车去县上，也就能发货了。"

"好，今天咱们把货物清点一下，大家需要买什么也要列张单子，咱们这些出去的人一并都买了，这个冬天恐怕真的不好过。"

"你们家家户户回去统计一下要买的东西，今天晚上交给宝莲，我们出去都给大家伙买上。"蓝堇时大声道。

于是，小卖部里又陷入另外一番沸腾的忙碌中。

老龙的妻子在门外张望，始终不敢进凤英家的小卖部。

玻璃窗上的雾气让老龙太太看不清楚屋里的状况，她整个脸趴在窗户上，用身上的袍子擦窗户，想要看得更真切一点。她既害怕屋子里的人看不见她，又害怕屋子里的人看见她……毕竟，他们家没有支持蓝堇时的工作，现在想要拜托蓝堇时帮忙，实在开不了口。

第 16 章
风雪中出发

清晨,飞雪漫天,寒风凛冽,天空一片昏暗。

蓝堇时和华素年带着一群年轻人,推着车子,骑着马,浩浩荡荡地从村子出发了。

"阿姐,后面咋好像跟着一个人啊,是不是我眼花了?"宝莲上前跟蓝堇时说。

宝珠哈了一口气,脸也冻得通红:"你就是眼花,咱们出发时一共十个人,你自己数,谁会跟在后面啊?"

蓝堇时顶风前行:"不会有人跟来的,昨天晚上都说好了,天气预报又骗人,说今天是好天气的,却又下雪……"

多吉身上背着很多东西,头上戴着毡帽,说话的时候故意将脸上的防护围巾拿下来,露出黝黑的皮肤和洁白的牙齿:"我们草原太阔了,所以天气预报不太准,只能报局部这个地方的天气,反正局部这个地方不太好，总是下雪。"

宝莲立马纠正："'局部'不是一个地方的名字，多吉真是搞笑，还有草原不是太'阔'，是太'辽阔'了。扎西大哥把你送去县上培训了一个月，你现在倒是有文化了，可是……"

"我也发现了，多吉假装有文化，上次给我背了首诗，我回去问我儿子，第一句是背对了，后面全部都是他自己胡扯的。"立马有人告状。

一群人哄然大笑，有了笑声，艰难的路程也轻松了一些。

"堇时姐，快看，我就说后面有人的。"宝莲故意拉着蓝堇时走得比较慢，落在队伍后面。

渐渐地，那个黑色的身影逼近，蓝堇时和宝莲不得不往回走点接应一下。这样的大雪天气，不管是谁，独自一个人外出，特别是走在山路上，都是一件很危险的事情。

蓝堇时看着眼前瘦小的老人，她把浑身裹得严严实实，走路的时候低着头，只留下两根大辫子在外面被风吹起。原来是老龙太太。

"丫头，你别怪我家老头子，我们就是想给儿子留点东西。我不劳烦你们买东西，我就跟在你们后面，然后跟你们回来，可以吗？"老龙太太满脸皱纹，说话间充满了祈求的神色，眼里含着泪。

蓝堇时看着老龙太太背后背着的包裹："要把这些东西卖了，再买点过年的东西回来是不是？"

老龙太太点头："不敢麻烦你们的，我自己可以去。"

"交给我吧，需要买什么也尽管说，别客气。"蓝堇时从老龙太太身后接过大包裹背在身上。

老龙太太立马道谢，不断地鞠躬："丫头，谢谢你，你是好人。"

这一日仿佛过得特别慢，凤英的小卖部里聚集了各家的老人。凤英看着墙上悬挂的钟，时针指在"10"的位置上。

老人们将手上的念珠转得飞快，心里都在默默祈祷，希望上苍能护佑那些善良的孩子。

严冬时靠毡子御寒，困难时靠人心取暖。

一遍又一遍地念着嘛呢，一遍又一遍地呼唤。

"十点了……如果早晨出发，算算时间现在也该到家了，如果不到家，兴许今天都住在城里了。"凤英镇定地说道。

宝莲的阿爸还是很担心："要不再打一个电话问问吧，兴许真的住酒店了。"

老龙太太也在凤英的屋子里等。她很害怕，害怕村子里从此不再有年轻人。年轻人都喜欢往外面跑，就像她的儿子尕龙，出去了就再也不想回来，忘了家里的阿爸阿妈，忘了家里的草原和牛羊，还有家里那条陪伴了十余年的藏狗。

恍惚间，老龙太太诧异地问："什么叫作酒店，是个大大的帐房吗？"

众人大笑，他们这才想起来，老龙太太这辈子都没有出过村子，出了江源村她害怕找不着回家的路。

突然，小白的战神风一般地冲出门外，欢喜地摇着尾巴在院子里叫起来。

小白从梦中惊醒，抱着小卓嘎："回来了，姐姐哥哥们回来了。"

"丫头又做梦了吧？我怎么没有听见一点动静。"凤英含笑，继续让两个孩子睡觉。

小白穿上衣服："我相信战神，战神能听得到很远很远的地方，就是我姐回来了。"

凤英突然变得很严肃，也穿上衣服，打开院子的门。战神冲出院门，渐渐地消失在雪夜中。

"战神是一条很有灵性的藏獒，是小扎西亲自接生的，它肯定是知道了什么。"凤英穿着厚厚的衣服，戴上帽子便往外面走。

屋子里的人打起手电，也都穿上衣服跟在后面。

此时此刻，他们都愿意相信这条叫作"战神"的狗。

队伍浩浩荡荡地走向村口，他们慢慢地挪着，盼着能在村口看见熟悉的身影。

风雪中，蓝堇时与华素年相互搀扶，马儿也慢慢地走，今天一天，他们都太疲惫了。

宝莲不断地哈气："姐姐，我实在走不动了，风雪那么大，咱们是不是又走错路了？"

苍茫大地间只剩下一片漆黑，黑暗的四周除了风声以外，只有动物发出的嚎叫声、嘶鸣声……

蓝堇时只觉得时间就像静止了一般，不管怎么走都走不到家。

"小扎西，都怨你，本来我们说好在城里住一夜，明天再往回走的。你非说看了天气预报，明天有大雪，到时候回不了家。现在好了，咱们几个非得死在这里不可，到处都找不到路。就听大老王胡扯，他说他认识路你就相信啊？咱们都走错多少次了！"一个年轻人没好气地说道，他走在华素年的身后，紧紧地跟随着队伍。

"相信我嘛,我用我的名字发誓,这条路就是回江源村的路,我那么多钱在身上,总不可能骗你们嘛,走着走着就到了。"老王倒是很精神,他现在口袋里有钱,走起路来浑身是劲。

蓝菫时的心中烦躁,他们似乎已经走了好几个小时,可是一点灯光也不见,也许真的又走错路了。

宝珠什么也没拿,一路上抱怨:"都怪你,要钱不要命了,非要把我带上,你这丫头就想害我,我和你有仇吗?"说话间,他的手指头狠狠地戳在宝莲的头上。

"住手,你一路上没完没了地说,够了没?你要是真的不想走,就站在原地等着,你看看会不会有人来救你!"华素年已经忍无可忍。

"要是现在有一点点灯光就好了,唉……"老王叹息一声,手电筒里最后一点电池都已经消耗殆尽,只能摸黑走路。幸而雪光微亮,能看得清楚方向。

华素年从马背上轻轻地摸了摸，找到一个牛蹄壳，他熟练地把酥油倒进去，放入棉线，火机咔咔两下，亮光将他的脸照得通红。这点小小的光芒给了大家走下去的信心。

"再坚持坚持嘛，很快就到家了。我知道，马上就到江源村啦，你们的阿爸啦阿妈啦都在家里等着你们。"蓝堇时给大家打气。

老王也信誓旦旦："都说老马识途，你们看，现在都不是我带你们走，是马儿先走，肯定是这条路，没问题。"

"嗷呜……嗷呜……"

一个声音从远处传来，众人警觉。

"完了完了……这下谁都逃不掉啦，狼群来了……我们肯定跑不过狼的，怎么办？"宝珠近乎发疯地要往回走。

"嗷呜……嗷呜……"又是两声狼叫，声音在空旷的四野不断地回荡着。

"别怕，一切都有我呢。"华素年拍拍蓝堇时的手，给了她一个温暖的眼神。

蓝堇时点点头。

狼叫声连绵不绝，大家停在原地不敢向前。

华素年突然笑了起来："原来是它。"

"都什么时候了你还笑，你是不是故意让我们被狼吃的，你的心坏了，小扎西。"老王恶狠狠地说道。

华素年在一侧带着笑容看着他们，蓝堇时连忙问道："你笑什么？可是有什么发现？"

"不是狼，你听……"华素年让蓝堇时侧耳倾听。

蓝堇时闭眼，安静地感受着狼叫声："奇怪，怎么只有一只狼在叫，这样的雪夜里，狼群应该一起行动的。"

"一只狼还不够？你想要多少只？你的心也坏。"宝珠气得要摔东西。

渐渐地，狼叫声越来越近。

"一只狼就不害怕，谁死在谁手里还不一定呢，老子跟你拼了。"老王拿起腰间的藏刀，恼怒道。

"别别别，老王哥你不要生气嘛，自己人！"小扎西笑得更加开心了。

"啥？你和狼还是自己人？我说天咋那么黑，原来是你在吹牛，牛都飞上天去了。"大家都不信。

第 17 章
有光的地方是家

渐渐地,狼叫声逼近,宝珠很紧张,顺手拿起一根干柴当作护身的家伙,警惕地看着四周。

蓝堇时笑而不语,跟华素年往前走,想要跟那匹狼会合。

"蓝姐姐,你不要命了吗?你不要上前,草原上的狼真的会吃人的,这不是城市里面的动物园。"宝莲低声喊道,心已经揪成一团。

在一片黑暗中,那匹狼靠近华素年和蓝堇时,还亲昵地向他们摇尾巴,围着他们转。

老王实在是不敢相信自己的眼睛:"怎么回事啊?"

风雪太大,天色昏暗,他们实在看不清那匹狼的模样。

老王是一个胆子比较大的人,发现那匹狼根本没有伤人,也就渐渐地往前靠近。突然,他大笑起来:"是小白的战神。"

宝莲的牙齿还在打战:"原来是战神啊,吓死我了。奇怪了,战神的叫声怎么跟狼的叫声一模一样？"

"战神很聪明的，小时候就爱学狼叫，要不是因为它会学狼叫，小白可能没有办法在草原生活下去。"华素年爱怜地抚摸着它的头，"战神，带路吧，我们一起回家。"

老王一边走一边嘟囔："我就说我这一次没有走错路吧，我的想法跟战神的想法是一样的。"

筋疲力尽的众人看见战神顿时恢复精神，有了向前走的力量。

没走多远，就看见了远处的火把与灯光，终于到家了。

凤英一见他们，眼泪在眼眶里打转："都好好的吧？没事儿吧？"

她仔细地查看每个孩子，唯恐这些可爱的年轻人冻着、饿着。

"凤英，我们都好着呢，没事没事。我们想抄近道回来，不小心迷路了，这不是找到家了吗？"华素年拍拍凤英的背，顺势将这个老人拥入怀中，给她一个温暖的拥抱。

凤英又看向蓝堇时："丫头，你好着吧？"

"人好着，马好着，咱们送出去的东西也好着，你不用为我们担心。"蓝堇时也紧紧地抱住凤英。

一番检验下来，凤英这才露出了满意的笑容："我就知道我家丫头肯定是最棒的，不管做什么事情都会做成。"

"蓝书记，小扎西，你们可算是回来了，你们今天要是不回来，我估计会被凤英生吞了。你们的手机一个也打不通，外面风雪又这样大，这种天气野兽们都没吃的，你们这群人正好给它们饱餐一顿，可是把我们吓死了。"祁主任走上前，手中还拿着火把和手电，原本黝黑的脸庞在火光的映照下显得更黑了。

"阿妈,我饿得不行了,我的鞋袜都湿透了,我们赶紧回家吧。"宝珠几乎是扑倒在母亲的怀中。

宝莲满脸的鄙视:"都是被惯的,一点苦也不能吃,还说是我哥呢,出去尽是靠我保护。"

华素年也打趣道:"他能跟着队伍一起走已经很了不起了,平时谁看见他出过远门。"

老人们举起火把走在前面,年轻人跟在后面,看见了家,比什么都好。

"阿妈,我给你买了一件暖和的衣服,说是羊毛衫,穿在里面贴身又热乎。"

"爷爷啦,我给你买了好烟和好酒,听说是从遥远的北京进货回来的。"

"奶奶啦,看看这是什么,甜甜的巧克力糖,你最喜欢吃甜食啦。"

……

年轻人纷纷给家里的老人汇报自己出去的成果,老人们嘴上骂着乱花钱,心中却美滋滋的。

第 18 章
离开阿妈

清晨,天刚蒙蒙亮,雪落得很大,整个草原都是一片白茫茫,村子里也是寸步难行。

华素年早早地在凤英的小卖部院子里等着,手中牵着两只牦牛。

战神温顺地依靠在华素年的身边,蓝堇时忙着往牛背上放东西。

凤英抱起华素年送来的一头小野牦牛:"你们要去找翁姆,那两头牦牛就够了,小扎西,一定照顾好我家丫头啊。"

"得嘞,凤英,你也照顾好小野牦牛,它实在是太虚弱了。生在这个季节,昨天又被狼吓到,现在都没有找到野牦牛群。"华素年轻轻抚摸那头白色的小野牦牛。

凤英给小野牦牛盖上毯子,轻声念叨:"小可怜哟,你可一定要健健康康的。"说着,她向蓝堇时与华素年挥手作别。

看着他们消失在漫天的大雪中,凤英心中默默祈祷。

等找到翁姆的家，天已经黑了。

翁姆家的小女儿伸出头来："姐姐来了，阿妈啦，姐姐来了。"

屋子外面堆着牛粪和干柴，屋子里面升起火，热腾腾的奶茶在炉子上沸腾着。

翁姆急忙出来招呼，不善言辞的她只是把人往里面请。她的脸颊愈发红了，还有几道口子。

"喝，喝……"翁姆端出奶茶，指了指桌子上的碗，让他们赶紧喝了暖暖身。

"这样的天气，你们怎么来了？路上难走吧？"翁姆低声问道，不敢直视蓝堇时。

翁姆又起身去拿炉灶上面的馍馍："饿了吧？"

她穿着厚重的袍子，起身的时候，蓝堇时的脸上带着惊讶："姐姐，你怎么……"

翁姆低头不语，如同帐篷外面沉默的雪山，什么都不说，却又什么都想告诉世人。

"翁姆姐姐，既然有了，那就好好的，照顾好自己，照顾好孩子，一切都会好起来的。"蓝堇时叹息。

翁姆缓缓地抬起头，火光把她的脸照得通红。

蓝堇时将东西归置好，指了指翁姆的肚子："几个月了？"

翁姆慈爱地笑了，抚摸着肚子，笑得很甜："八个月，应该是个调皮的尕娃，现在经常踢我。"

"生孩子的时候怎么办？"蓝堇时不禁担心，帐篷里什么都没准备，四周找不到一户人家。

蓝堇时看着眼前的几个孩子，又看着行动不便的翁姆："姐姐，要不然就搬到村子里跟大家一起住吧，大家在一起相互有个照应，孩子长大了也得上学，看看他们多聪明啊……"

"干部，我不想离开这里，我喜欢这里。你放心好了，我不会给国家添麻烦的，我的孩子们也不会给村子添麻烦。"翁姆垂头啃着馍馍，馍馍又硬又干，她喝了一口水润了润，艰难地将嘴巴里的东西咽下去。

"阿妈，我想去上学，我听小白说学校里可好了，中午还有一顿饭。"年纪较大的女孩卓玛说道。

翁姆顿了顿："你去上学了，弟弟妹妹怎么办？等他们大点了你再去，丫头听话啊。"

她轻轻地抚摸着卓玛凌乱的头发。

"那你这个小的呢？谁来照顾你？"蓝堇时指着翁姆的肚子问道。

"我自己可以的，没事的，干部啊，就得麻烦你下次来的时候给我带点红糖，我听人说生产了之后喝点红糖水恢复得比较快，我也想试试。现在孩子那么多，如果我不能很快恢复的话，孩子们怎么办？雇主如果发现我没有好好地看着牛羊，也许要扣我的钱咧。"翁姆掰着手指头算日子。

过了一会儿，这个大字不识的女人算了一笔账，看能给自己放多少天的"产假"。

"按照日子算的话，我生孩子的时候正好是冬天最冷的时候，那些牛羊不被饿死冻死就好啦，这些小卓玛都能帮我完成。等到开春，我的孩子又可以在我的背上跟我一起放羊去。"翁姆说着，轻轻抚摸自己的腹部，为自己的这点小聪明感到开心。

蓝堇时劝道:"村子里挺好的,人多,可以互相照应。国家已经给你分了房子,只要交一部分钱就能住进去了,别守着这个帐篷啦。"

"干部啊,去了搬迁的村子,我能做什么呢?我一个女人带着这么些孩子,在新村子里怎么养得活?点个灯都要钱啊。还是在这儿好,我们从小就这么活习惯了。"翁姆腼腆地笑笑。

炉子里的火焰发出噼噼啪啪的声音,不远处,孩子们正由最大的卓玛指挥,在安安静静地分蓝堇时带来的糖果。

看着眼前这群懂事的孩子,他们的衣服还是旧旧的,小卓玛的鞋子应该很长时间没有清洗了,已经看不出是什么颜色。

另外几个小的男孩女孩也都穿得很寒酸,头发乱蓬蓬的。从孩子们的身上就能看得出来,大肚子的翁姆已经无暇顾及他们,只能是孩子们自己照顾自己。

在这儿,只要不挨饿、不受冻就已经很好了。

蓝堇时拉过女孩子,从包里拿出梳子给她们梳头……看着乱糟糟的头发,她忍不住叹了一口气。

"你去山下背上来一些冰,我给孩子们洗一洗。"蓝堇时对华素年说道。

蓝堇时重新在帐篷外面生火烧水,山里的河水早已经冰冻,华素年只能敲碎一块块冰,用筐子背上来,烧成热水给孩子们洗头、洗澡,然后再换上他们带来的新衣服。

翁姆不断地说:"干部啦,你们带来的衣服和鞋袜都那么新,我怎么报答你们啊……"

卓玛换上新棉衣,不敢坐也不敢站,拘束地立在帐篷的一侧,帮妹妹们编头发。

妹妹们欢喜得很，叽叽喳喳地相互表扬对方。

"明天把这些被子和衣服都拿去洗一洗，放在太阳下晒干或者用大火烘干。"蓝堇时给被子上撒了一层清洁粉，彻头彻尾地将帐篷打扫了一遍。

"姐姐，我第一次穿新衣服。"小卓玛在蓝堇时的耳边轻声说，带着羞怯和自卑，大眼珠子不断地瞄蓝堇时，害怕被蓝堇时笑话。

蓝堇时拍拍她的背："卓玛，你愿不愿意带着弟弟妹妹跟我到村子里去？以后每天都可以穿干净的衣服，住整洁的房子，还可以和小白一样去读书。"

翁姆看着小卓玛和另外几个小孩，她也渴望听见孩子们内心的答案，却又害怕孩子们的答案让她失望。

"阿妈去吗？"卓玛又问，她依依不舍地看着翁姆。

翁姆不是她的亲生阿妈。自从她亲阿妈不在了之后，阿妈带着她先去了一个家庭，又去了一个家庭，不管阿妈怎么样，都没有抛弃过她和弟弟，去哪里都带着他们，有吃的也是先尽着他们。

蓝堇时看向翁姆，翁姆笑笑："我不去，这是小尕娃阿爸的家，我答应过他要帮他守着家，他再不好，我也不能食言。"

"卓玛可以带着弟弟妹妹们去上学，阿妈等着你们回来。"翁姆轻轻地抚摸卓玛的红脸蛋，语气很轻松，神色却很凝重。

三个男人都撒手而去，将抚育孩子的重担交给了她。她答应过他们，要照顾好孩子们。

翁姆轻声说："丫头带着尕娃们去吧，好好读书，好好长大，想家的时候就回来看看阿妈。"

"阿妈不去我也不去,我也答应过我阿爸,要照顾阿妈的。"卓玛说着,眼泪落下来了。

其实,卓玛很向往外面的生活,每当她看见蓝堇时,就好像看见了星星。蓝堇时看起来很有知识,说话的声音又那么好听,她希望能成为像蓝堇时一样的人。

对于卓玛的回答,蓝堇时和翁姆都表示很意外,这个孩子还不满十岁,心中已经承担起爱护长辈的责任,让人为之动容。

"姐姐不去我也不去了,我在家里帮阿妈放羊。"

"我也不去!"

"我不去。"

"傻丫头,你不是一直都想去上学吗?现在好不容易有机会了,你怎么不去了?上次乡里小学的老师还特意来找你们,你们也说不去,难道还信不过你们的小雪豹姐姐?"

小卓玛憨厚地笑笑:"我阿爸之前说过,只要有你在家就在,你不走,我们也不走,我和弟弟妹妹都不离开你。"

翁姆的眼眶含着泪,久久说不出话来。

天色渐渐昏暗,华素年带着几个男孩在帐篷外面烤肉,蓝堇时和女孩们在帐篷里面和面。

"姐姐,我阿妈马上就要生一个小弟弟了。我们说好了,将来小弟弟出生,我们大家一起爱护他,要他成为草原上最快乐的人。"小卓玛与蓝堇时慢慢熟络起来,拉着蓝堇时说了很多话。

蓝堇时在火里放了几根柴,对翁姆说:"可以好好考虑,先让孩子们去报名入学,你也可以跟孩子们一起去。放寒、暑假了回来住一段日子,平时就在村子里,有大伙照顾你,一切都方便。"

夜晚,华素年带着男孩子们在帐篷的火炉旁打地铺,蓝堇时和翁姆在炕上睡觉。

翁姆小声地抽泣,蓝堇时听着,心里不是滋味。

卓玛伸出瘦瘦的小手,在翁姆的脸上轻轻擦拭:"阿妈,别哭了,我不离开你。"

"好娃娃,我不能耽误你们,我们听干部的吧。"翁姆终于下定决心,"明天你们和小雪豹先去学校报名,我把这里的牛羊都安顿好了,就去村子里找你们,咱们住新家。"

看着那满炕满地的孩子,她于心不忍,她不能成为孩子成长路上的绊脚石。整整一夜,翁姆都无法入眠,心中七零八落地想了很多很多的事,肚子里的孩子,将来的生计,孩子们的未来……

清晨,翁姆熬了酥油茶,手里握着糌粑,带着笑容给孩子们送行:"娃娃们,去了学校好好学习,一切都有阿妈呢。"

阳光照进来，整个帐篷都变得暖洋洋的，大家的心里也是暖洋洋的。

翁姆紧紧地握住蓝堇时的手，一脸舍不得地看向孩子们："你们好好的，阿妈在家里等你们，等你们飞出这片草原了，阿妈还等着你们带着我出去享福咧。"

千言万语，万语千言，翁姆抱住孩子们亲了又亲。她的肚子已经很大了，艰难地蹲在地上，脸色也变得很苍白。

蓝堇时轻声道："要不，你也跟我们一起回村里吧。如果你真的放心不下什么，你可以打电话。还有这些牛羊，可以给扎西照顾，他有一个合作社。"

华素年也赶紧接过话："对啊，翁姆姐姐，你就跟我们一起回去吧，村里现在条件好，一定能让你们过上好日子的，这些都不用担心。"

翁姆摇摇头："昨天晚上我没有睡觉，我算了一晚上的账。我没有读过书，可是我能算得清楚，就算是孩子们上学不花钱，可孩子们吃饭总得花钱吧。我是阿妈，要保证孩子们吃穿不愁，我得干哪，不能全让国家养着。"

这一席话，将蓝堇时和华素年说得无言以对。

蓝堇时想了想："那……一个月后，等你差不多生产，我再带凤英来看你，她是一个什么都会的老人。如果还没生，你就去村里生。"

"阿妈，这一点你一定要听小雪豹姐姐的。我们已经没有阿爸了，如果再没有你，我们可怎么办？"小卓玛忧心忡忡，她的亲生阿妈，就是为了生弟弟去世的。

翁姆擦擦眼泪，赶紧挥挥手，自己躲进帐篷里，从门缝看向外面，直到孩子们离开。

孩子们一步三回头,第一次离家,他们的心里特别舍不得。

"扎西大哥,阿妈会不会想我们?"

"雪豹姐姐,你说我们下次见阿妈是什么时候?"

……

三四个小娃娃一边走一边哭,都忘了吃手中的馍馍。

华素年满头大汗,看孩子可是比工作累太多了。

凤英看着蓝堇时带回的几个孩子,心中特别不是滋味:"你说说这些孩子有多么可怜。贫穷对于孩子们来说,那是一辈子的伤害。"

蓝堇时表示赞同,在扶贫日记上面写下了一句话:

孩子是一个家庭的希望,更是未来的希望。只要一个家庭的孩子们能走出去,这个家庭就能与贫困告别。

"丫头,翁姆家里是真的困难,他们家只有妇女和孩子,没有壮劳力,所以你一定要好好帮助他们。"凤英压低声音,想了很久,"如果翁姆愿意回到村里,我和桂兰的这个工作室随时欢迎她来上班。不说别的,至少她能养活这些孩子,也可以跟孩子们在一起生活。"

蓝堇时搂住凤英,在她脸上狠狠地亲了一口:"凤英,你真是我的亲人,我就知道你肯定会帮助我的。有你的支持,江源村一定会越来越好。"

第 19 章

江源村的青年大会

村委会里,大家的会议开得热火朝天,宝珠唯恐错过大事,早早地来村委会占位置。

"咱们村的光棍儿可真是多啊,现在出去说自己是江源村的都觉得丢人。"有人在人群中说道,"我们也想好好生活着,好好放羊放牛,现在草原的地不行了,也不能怪我们啊。"

"就是嘛,谁不想老婆孩子热炕头。"大家都摊手表示无奈。

蓝堇时回答:"将来生活水平提高了,村民们的口袋里面有钱了,日子越来越有奔头,一定会有姑娘主动来打听我们村上的青年。"

"小雪豹,你不是觉得自己挺能的吗?有本事给我们一人娶一个媳妇呗,那我们就服你,彻底地服你。"老王是看热闹不嫌事大。

蓝堇时清清嗓子,在一片嘈杂声中说道:"当务之急是脱贫,只要脱贫就有可能摆脱打光棍儿的命运。你看看小扎西那儿的员工,只要想找媳妇，肯定是能找到的。"

宝珠把嘴巴噘得高高的："小扎西的合作社那么辛苦，谁去啊，反正我不去……"

"宝珠，就算你要去，人家小扎西也不一定要你吧。不知道你哪里来的优越感，还嫌弃小扎西那儿的工作辛苦。"老王与宝珠互相嫌弃。

宝珠撇撇嘴，这里人多，他也斗不过，只好保持沉默。

蓝堇时继续说道："咱们商量一下，尽快落实扶贫专项行动，去县城培训或发展民族手工业，提高大家的就业率。大家如果需要帮助尽管说，我们一起讨论表决。"

"都是年轻人，只要肯干活，一定能过上好日子。"华素年给大家打气，然后拿出本子记录。

"蓝书记，我打算考个驾照，然后开出租车，我们村不是有一个司机吗？人家挣得多，随随便便一年就有几万块，够养活全家了。"一个男青年怯生生地说。

"好想法，村委会可以支持你去考驾照。"蓝堇时鼓励道。

宝珠却惊讶地说："小雪豹，你的意思是村委给钱让他去学习吗？那我也要去。"

"是借，将来是要还的。还款方式可以自己选择。"华素年补充道。

"我想着学酿酒，可是又怕没有销路……"又有年轻人说道。

……

年轻人都尽可能地说出自己的想法，蓝堇时和华素年提出中肯的意见，谈成的就在村委会签约。

宝珠不甘心："那我这个藏家乐怎么就不行了？就不能给我批一笔

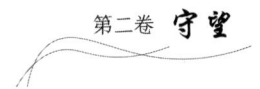

钱吗？太过分了，他们说什么你都答应，是不是对我有意见？"

"你给我闭嘴吧，好好去孤寡老人家门口扫雪去，什么时候把自己的事情解决了什么时候再讨论你的藏家乐。"祁主任大声道。

宝珠气呼呼地出门，华素年塞给他一个大扫把，他不敢不接受。

屋子里一片沸腾，大家看着身边的青年都找到适合自己的出路，自己也着急起来。

男人们的生计倒是好打发，只要肯下苦功夫，多多少少都是有收入的，但是女人们就难了。

那些女青年满腹心事，杯中的奶茶久久喝不下去。谁都想过好日子，但她们却摸索不到合适的门道，只能苦等。等着来个情郎将她们从这片草原带到另外一片草原，结婚生子，相夫教子，别无所求地度过这一生。

蓝堇时看着她们："姐妹们，你们有什么想法？妇女也能顶半边天。你们看看宝莲，年纪轻轻的就当老板了，网店做得相当不错，明年可能就是我们村里最厉害的女企业家了。"

大家艳羡地看向宝莲。

老王抽了一口烟，目光中透着信任："小雪豹，我以为你回来是为了高升，现在我是彻底服了你。如果来年我能娶上媳妇，你一定要给我们主持婚礼，对，我家娃娃的名字也要你取。"

"小雪豹，如果我娶上媳妇，你也给我们当主持人，咱们也学城里人来一个洋气的婚礼，让全村人都来看看。"年轻人都喊起来。

正当此时，门外传来巨大的声响。

老王先起身，不耐烦地喊道："谁在外面砸门？门是开着的，不会自己进来吗？"

厚重的帘子被掀开，一阵寒风迎面扑来，将屋子里的炉火吹得更旺盛了一些，祁主任和蓝堇时的脸被照得通红。

大家下意识地哆嗦了一下，被冷风骤然冻得缩了缩身子。

"谁啊，没看见我们正在开会吗？进来也不会好好敲门。"华素年起身要去看。

只见一个黝黑的身影突然冲进来，手里还拿着一个大扫把："小雪豹，老祁，你们给我出来。"

"你们给我讲讲，我和我老伴怎么就是孤寡老人了？"进来的人是老龙，穿着一身厚重的袍子，戴着一顶羊毡帽，脸上皲裂，手也皲裂。

蓝堇时赶紧起身："原来是老龙叔，赶紧进来坐坐喝杯热茶，今天怎么有空过来啊，不用去转山撒盐吗？"

"丫头，你不要跟我套近乎，我不想跟你说。你找人去扫雪是好事，但叫我'孤寡老人'是什么意思？尕龙过几天就回来过年了，你们这么说居心何在？我这一次是真的生气了，特别生气。"老龙往炉子边上一坐，凶狠地盯着他们。

原来是为了扫雪的事。

"没有没有，我们的意思是现在家里没有年轻人，你和老太太出门不方便，给你们扫扫，没说你们是孤寡老人。"蓝堇时笑嘻嘻地解释，顺手递上来一杯热腾腾的奶茶。

老龙看见蓝堇时笑眯眯的模样，心里的气也消了大半，又不满道："那……你们这一次去城里，尕龙有没有捎话？有没有说要给我打电话？为了等尕龙的电话，我还特意买了一个手机，但是我的手机从来

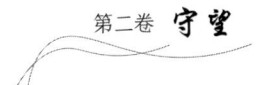

没有响过,是不是坏了?"

老龙从怀里掏出一个布包,布包一层一层揭开,里面是一个崭新的手机。

老王凑过来,一脸惊讶:"哟呵,老龙叔你可以啊!发财了,弄一个这么洋气的手机,还是智能的,厉害了厉害了,我们都买不起呢!"

"唉,为了买这个手机,卖了家里不少东西啊。卖给小扎西两只羊羔,我相信小扎西能把我的羊羔照顾好的。"老龙的眼中泛起泪光,心中实在不忍。

老王嘿嘿一笑,将老龙的手机拿过来摆弄:"是不是没电了啊?你藏这么好,到时候手机响你也听不见。电还有着呢,就是没有信号。"

"丫头,你是领导呗,从哪里给我买点信号,我可以给钱,我没有钱,但是我家里有东西,你可以拿。"老龙一脸虔诚地问。

还没等蓝堇时回答,在场的人已经笑成一团,这个凶巴巴的老头儿有时候又可爱得很。

蓝堇时连忙说道:"老龙叔,这个信号是买不到的。我们这儿就是有时候有信号,有时候没有,有时候要到山上面才有,信号在我们这儿可真是任性得很。幸好现在已经通了电,以后信号也会不成问题。"

老龙一脸失望,看看蓝堇时,又看看老王手中的手机:"唉,那我这个手机是不是白买了?没有信号,以后怎么接尕龙打来的电话呢?小扎西,都怪你,当初我卖羊给你的时候你就应该说清楚。"

华素年指了指自己:"怪我?你的手机又不是跟我买的。"

"我买的,我这不是可怜老龙叔嘛!人家等儿子那么多年,你们这些有手机的人也是,从来不让老龙跟尕龙通个电话。没有办法,老龙叔只好自己买一个手机，将来谁也不用求了。"宝珠嬉皮笑脸。

宝莲狠狠地瞪着哥哥。

蓝堇时从老龙的手中接过手机："老龙叔，我帮你看看，记一下电话号码。到时候我们托人把电话号码给尕龙，尕龙如果有时间一定会给你打电话的。"

她接过崭新的手机一看，别说是信号，连卡都没有办。

"老龙叔，宝珠没有给你办个电话卡吗？没有电话卡，就没有手机号码，人家怎么给你打电话？"蓝堇时都蒙了。

"哎呀，没有手机号码，这可怎么办？难怪总接不到尕龙的电话，他没有号码怎么打来啊？尕珠，要不说你混蛋呢，你之前怎么没有跟我说清楚？我给你给个啥，你帮我去买个号码。"老龙从身上摸索了一番，终于……摸到了一串念珠，看了好一会儿，眼神中充满了不舍。

"这个……是我阿妈留给我的念珠，她用这串念珠为我阿爸祈福，又为我祝祷，后来也为尕龙念嘛呢，现在……这个还值点钱，能不能……"老龙把念珠拿出来，那是一串被盘得光亮的菩提，包浆甚好，一看就是经过了有心人日日夜夜的搓磨。

蓝堇时看着满是诚心的老龙，心中真是不忍。

老龙把念珠放在宝珠的手里："尕珠这个孩子虽然有时候不太靠谱，可是这外面的事情他了解，他能给我帮忙。"

大家伙都气愤地看向宝珠："祁宝珠，你忍心糟蹋老爷子对你的信任吗？这东西真不是你想要就能要的。"

"怎么我就不能要？你们没有看见老爷子说要给我了吗？"宝珠嘴上虽然这么念叨着，可还是把念珠放回老龙手里。

华素年笑了笑:"老龙叔,等路通了,我就给你去办一张卡。回头有人去拉萨还是去哪里,我就让人捎话,把你的电话号码带给尕龙,以后你们就可以打电话了。"

"那好啊,小扎西,难怪大家都信服你,家里就算是生个羊羔也要你去主持大局,你是好样的,你是好人,神明会保佑你的。"老龙一听说能跟儿子打电话,起身连连鞠躬。

老龙接过手机,又把手中的念珠递给华素年:"要不……这个给你,不能让你亏了。"

"不用,不用,你就等着吧,等过年的时候,一定能让你接到尕龙的电话。"

蓝堇时狠狠地拉扯华素年的衣角,不断地暗示。他是不是疯了,到时候去哪里找个尕龙出来。

"好啊好啊,你们继续开会,我带着我的羊在村里走走,孩子们啊,你们都是好人。"老龙一边念叨一边起身,"今年过年一定要把尕龙找回来,说什么也要给他娶一个媳妇,拴住他。"

老龙喜不自胜地离开,一听说有儿子的消息,在暴风雪中也不怕冷了。他身后的那只羊仿佛能懂得主人内心的喜悦,看见老龙高兴,也咩咩地叫着,迎着风雪在村子里行走。

村委会的青年继续进行会议。

蓝堇时对华素年低声道:"你疯了,到时候看你怎么办。老龙多精明啊,自己儿子的声音难道听不出来,有那么好骗吗?"

"不骗一下,你怎么知道不好骗呢?"华素年眨眨眼,神秘一笑。

宝珠还是不忘记自己的藏家乐:"小雪豹,看在我们是同学的分上,那十万块钱你就帮我去贷款呗，又不用你做什么，就签个字。"

"闭嘴，将来你要是还不上钱，难道还要小雪豹给你还吗？你什么时候能挣回来一万块钱，我们集体去帮你做担保。"老王在宝珠的背后狠狠敲了一下。

会议结束之后，多吉缓缓走过来："姐姐，我马上要结婚了。我阿爸说趁着冬天大家都在，我办婚礼，大家坐下来在暖和的炉火边一起热闹庆祝好不好？"

多吉这么一说，整个村的年轻人都用艳羡的眼神看着他，他才多大啊，就开始办婚礼了，在座的四十岁的人还打着光棍儿呢。

"小扎西，你的合作社还缺人吗？当时我就想着一起去合作社的，可是我阿爸不同意啊，家里的羊自己都忙不过来，再去你的合作社，这不是……我也没有想到合作社现在那么赚钱，真是……给个机会吧，我可以少分点。"老王眯着眼，看着多吉，他的心中酸溜溜的。

如果当时对小扎西多一点信任，兴许自己也娶上媳妇了，说不定娃娃都有了。

草原上的人家，结婚生子，一日三餐，可不就是天大的事情吗？

第三卷　成长

第 20 章
吃 苹 果

一场冬雪过后,凤英的小卖部变得越来越热闹了。

卓玛们和扎西们不习惯坐在教室上课,成群结队地从学校逃课回来。

最小的扎西流着鼻涕,从家里出来之后,他就不太喜欢说话,脸上也没有笑容。

蓝堇时把最小的扎西抱起来,用纸巾给他擦干净鼻涕,耐心地用湿毛巾擦了擦他皲裂的脸,再涂上一点酥油。

"是不是想家了?是不是在想阿妈?在学校过得怎么样?老师上课能不能听懂?"蓝堇时温柔地问。

小孩子木讷地摇摇头,声音有点哽咽,良久之后才问:"我们什么时候能回家啊?我昨天晚上梦见阿妈了,阿妈抱着一个小弟弟,在远远的有光的地方跟我们挥手,她说她走了,阿妈怎么会走呢?如果没有阿妈,我们就没有家了。"

他不善言辞，说出来的每句话都很短。话音刚落，孩子们都垂下头呜呜地哭起来。

"姐姐，我也想回家，明天我们就回家吧，回家把阿妈接过来。"小卓玛两只手轻轻地拽住蓝堇时的袖子，恳求道。

一旁的华素年也安慰这群孩子："那么大老远地从学校跑回来，肚子都饿了吧？吃饱了再说。"

小白打趣道："看看你们的待遇多好，我以前逃课回家，凤英肯定是给我一顿好打，你们逃课回家还有肉吃。"

"小白，你也别闲着，带着卓嘎玩一会儿。"蓝堇时喊道。

华素年说道："这么大的雪，看来真的要把翁姆接回来了。如果大雪封路，她一个人叫天天不应、叫地地不灵，可就麻烦了。刚才最小的扎西说的那个梦，让我心里总觉得不踏实。"

"那明天咱们就出发吧，最好把会接生的人也带上。"蓝堇时从屋子外面的雪堆里将羊肉拿出来。外面冰天雪地的，就是天然的冰箱。

华素年拿起锅，在屋子外面没有被人踩过的地方，将雪挖进锅里。

一锅雪，雪中有肉，放在屋里的炉火上烧着。

不一会儿，雪渐渐融化，羊肉在锅中翻腾，冒出白色的泡泡。

蓝堇时顺手将一把青盐扔进锅里。

开锅羊肉，是大家都特别爱吃的。

方才还低声哭泣的孩子们这会儿已经围在炉子前。

"好香啊，味道可香可香了，是不是？"

"这是我们家的肉，这是我们家的雪，这是我们家的扎西，这是我们家的姐姐……"

最小的扎西指着肉，指着雪，指着华素年，指着蓝堇时一一说道，完全忘了刚刚哭过。

蓝堇时笑着将肉捞出来，分给孩子们。

最小的扎西一边吃羊肉一边说道："姐姐，哥哥，这肉跟阿妈做的味道一样，就是阿妈做的，是不是阿妈来了？"

他拿着一块肉噔噔噔地跑出去，在门外四处张望。

"好了好了，我答应你们，明天不管是什么天气，我一定去把你们的阿妈接回来。你们好好地读书，最迟后天早上就能看见阿妈了。"蓝堇时不敢直视他们的眼睛，一个个都跟小机灵鬼似的，知道蓝堇时的软肋。

孩子们欢呼雀跃，叽叽喳喳起来："阿妈来了，我要把巧克力留给阿妈，阿妈还没有吃过巧克力。"

"我每天帮老龙爷爷捡牛粪，他给了我一个珠子，我要留给阿妈。"

孩子们从自己的口袋里一样一样地拿出宝物，在桌子上摆得整整齐齐，一一细数这些东西的来历。

凤英带着风雪进来，帅气地把摩托车钥匙往桌子上一甩："老远地闻到开锅羊肉的味道，就知道你们这些小娃子回来了，给你们一人带了一个苹果，你们不要抢啊，这可是我留了很长时间的。"

"天寒地冻的，你从哪里带的苹果？你去哪里了？公路不是封路了吗？"蓝堇时担忧地问，就怕凤英以为自己还年轻，开着摩托车爬雪山去县城。

凤英看着华素年神秘地笑了笑，笑容中带着狡黠。

华素年警觉地问："凤英，你去我们合作社了？被你发现了？这些都是我留着的苹果，我藏得那么隐秘都能被你发现，你……你怎么发现的？"

"我可没有专门去偷你的苹果，一进你的屋我就闻到了苹果的味道。嘿嘿，没有什么能逃过我的鼻子，正好孩子们没有吃过，我就带回来了。算是我欠你的，等春天再还给你。"凤英眉开眼笑。

最小的扎西看见蓝堇时正在下面片，毫不犹豫地把苹果放在菜板上切了两刀，举起来就要扔进锅里。

幸好华素年眼疾手快，立马拦下了："尕娃，你在做什么？"

"这个苹果不是煮着吃吗？煮着吃大家都可以吃，多好啊。"最小的扎西困惑地看着华素年。

蓝堇时哭笑不得。这些孩子不要说走出江源村，就连那片草原都没有出去过。他们在草原上奔跑，在奔跑中长大，完全不知道还有外面的世界，外面的世界还有一种水果叫苹果。不，他们甚至连水果是什么都不知道。

"这个苹果是可以直接吃的，不用放进锅里煮，你们尝尝……"华素年耐心地将那个苹果切成一块一块的，分送到孩子们的手中。

凤英带着期待的笑容："娃娃们，快点尝尝吧……尝尝苹果是什么滋味的。"

这个时候，孩子们才拿起手中珍贵的、第一次看见的苹果。

"苹果？"卓玛学着蓝堇时的发音，轻轻地练习了一遍。

"对，这个是苹果，红色的大苹果。开春的时候路通了，我可以带你们去外面看看，除了苹果还有很多其他水果……"蓝堇时笑眯眯地给孩子们解释。

孩子们把珍贵的苹果放进嘴里，轻轻地咬了一口，慢慢地品尝。

酸酸甜甜的滋味，弥散在口腔之中……香味也在屋子里弥漫。

孩子们迫不及待地又咬了一大口，狼吞虎咽地吃下去。

吃完了手中的一块苹果，他们都在吧唧嘴，看看自己手中的苹果，相互对视了一眼，仿佛约好了似的，小声地嘀咕。

"喜欢吃吗？"凤英问。

孩子们都在点头，像小鸡啄米似的。

"继续吃吧，你们手里不是还有吗？"凤英又问。

大家摇头摇得像拨浪鼓似的。

"留给阿妈，阿妈也没有吃过。凤英，这个能留多少天，会坏吗？"卓玛眨巴着大眼睛，担心地问。

孩子们将苹果放在桌子上，整齐地排成"一"字，每个苹果都被赋

予了相同的愿望。

凤英看着这群孩子，由衷地对蓝堇时感慨："这些娃娃和你以前一样，小小的人儿，心思却比天大。丫头啊，你就是他们的将来啊。"

第二天早晨八点半，天还是黑乎乎的，华素年带着牦牛在门外等候。

孩子们早早地起来排成一排站在门外。

"姐姐，一定要把阿妈和小弟弟带回来！没有阿妈，我们几个就没有家了。"卓玛泪汪汪地说。

话音刚落，几个孩子都落下眼泪，泪水流在通红的脸蛋上。

凤英也递过来一个行囊："我跟桂兰说了，娃娃他们照顾，我也一起走。现在没有大夫跟你们去，翁姆有个万一你们也帮不上忙。我就不一样了，当年在队伍里当过护士，我可以去照顾她。"

凤英向来说　不二，她说要去，肯定是必须得去的。

蓝堇时首先不答应："不行，这么大的雪，您老就不要去了，我和小扎西可以处理的。"

"你们懂什么，一个没有结婚，一个是大男人，谁知道生孩子的事？不要跟我客气了，赶紧出发，要不然天黑都赶不到翁姆那儿。"凤英径直走进雪中，靴子把厚厚的积雪踩得咯吱咯吱响。

"你们俩还不快点来，按照这个速度，我们就是明天也到不了翁姆家，赶紧的！"凤英转过身大喊。

华素年倒吸一口寒气，他的手已经冻僵了，头和脸都用毡帽盖住，只留下一双眼睛，眼睫毛上也沾满了雪。

他担心道："我们在村子里度日尚且艰难，更不用说翁姆了。一定要尽快去找到翁姆，如果真有点什么事，孩子们就彻底乱了。"

第 21 章

沉甸甸的托付

晌午时分，阳光渐渐照在雪地上，虽然很明亮，却感受不到温暖。凤英心中担忧，双手合十为翁姆默默祈祷。

"放心吧，翁姆姐姐一定会好好的，就算为了那些孩子，她也会好好的。"蓝堇时安慰凤英，同时也是在安慰自己。

华素年从暖壶中倒了一杯热腾腾的奶茶递给凤英："我曾听人说有一种人不敢死，他们在这个世界上的牵挂太多。如果死了，那些被牵挂的人该何去何从？翁姆就是那种不敢死的人。你忘记了？她说她连生病都不敢，所以这么多年一直都是健健康康的。"

牦牛是很有灵性的动物，仿佛看出来主人的心事，感受到他们焦灼的心情，步子也渐渐地加快。

迎着风雪走了将近十个小时，终于看见一顶帐篷出现在不远处。

"到了，到了……终于到了……没有看见灯光，是不是人已经……"

凤英惊呼。

她从牦牛身上下来，不顾自己的年龄，往那顶帐篷飞奔而去。

牛羊不在，炊烟不升……

"翁姆啊，翁姆，我是凤英，听见了出来啊！"凤英大声地喊，尽管她半辈子生活在高原上，此时也已经累得气喘吁吁走不动了。

蓝堇时没跑几下就上气不接下气："翁姆姐姐，你快点出来啊，你在不在……"

华素年拼命往山顶上跑，心揪得紧紧的，若是真找不到人，回去该怎么跟孩子们交代？

四处都是冷冰冰的，没有一点活物的生气，难道……

华素年不由得加快了脚步，赶紧掀起门帘。

翁姆的家里空荡荡的，四处都透着寒气，里面的温度与外面的没有什么区别，都是零下二三十摄氏度。

凤英和蓝堇时赶了上来，看见空无一人的家。

"人呢？"凤英急得大喊。

蓝堇时喘着粗气，心里凉了大半截，浑身都在颤抖，不知道是被冻的还是被吓的。

他们下意识地进屋四处翻了翻，没有找到人近期生活的痕迹。

在这样的茫茫雪川中，如果遇到猛兽，可就真的一点退路都没有了。

蓝堇时不信："不会的，绝对不会，若是狼群来袭，屋子里不会这么整齐，不会的……"

凤英转身道："对，对……如果真是遇到猛兽，这儿指不定会变成什么样，至少……应该会有挣扎的痕迹，不会这么整洁的。翁姆不是怀

孕了吗,说不定是男人来把翁姆接走了,咱们得再找找。"

蓝堇时和华素年也认可凤英的说法:"咱们再继续找找。"

大雪将草原上所有的痕迹都覆盖了,寻不到一点线索,他们对翁姆的去向一无所知。

"走吧,别在这儿逗留了。既然来了,咱们去看看黄秀的父母,我给他们带了药,对他老父亲的咳嗽有用。"蓝堇时走在前面,不停地回头。

她很希望有一次回头时,能看见梳着长辫子、穿着大袍子的翁姆出现在帐篷跟前,顶着雪花,羞涩地朝她招手。跟以往一样,挥手作别的同时还不忘记叮嘱:"干部,你路上千万要小心啊,我啥都好着,不用惦记。"

冬日的白天总是很短暂,才一会儿工夫天色已经黯淡下来。

天乌黑的时候,蓝堇时他们才打着手电走到黄秀的家中。

黄秀的家安在山脚避风的地方,一片乌黑与清冷之中,酥油茶的味道飘散而来,仿佛是黑夜中的明灯,又好似冬日里的暖阳,让人看到了希望。

上次来的时候,帐子里到处都散发着一股霉味,凌乱不堪。这次进门,屋里燃着藏香,上上下下都收拾得非常整洁。

刚刚进门坐在炕上,黄秀赶紧过来倒茶:"喝点奶茶,这个味道很好。"

"上次来,奶茶都是冰凉的,这一次来奶茶这么滚烫。"华素年掰下一块馍馍就着奶茶吃。

"咳咳咳……"帐子的里面有女人咳嗽,声音有些虚弱,"黄秀,是不是家里来客人了？你等着，我去做点晚饭。"

这个声音怎么如此熟悉！

蓝堇时差点尖叫起来，和华素年面面相觑。

华素年顿时明白，可又不敢戳破这层窗户纸。

蓝堇时却顾不了那么多，高声试探："翁姆姐姐，是你在里面吗？是不是你？你还好吗？"

一阵沉默，里面的人呼吸声有点急促，仿佛很紧张。

断断续续传来两位老人的咳嗽声，那个说话的女人倒是不吭声了。现场的气氛有些尴尬，黄秀把头埋得低低的，恨不能找个地洞钻进去。

蓝堇时和华素年愣住了，一下子不知道该如何是好。

凤英却见怪不怪，掀起帘子就往里面进。

里面的火炉烧得旺旺的，一阵热气迎面扑来。两位老人坐在一个炕上，一名女子坐在另外一个炕上。

女子的脸红红的，看上去有些手足无措。

凤英笑着说："翁姆，还真是你啊！怎么不答应一声啊？家里还有吃的吗？我们都饿了。"

翁姆一听是要吃的，便没了刚才的尴尬，赶紧起身，从抽屉里拿出一些炒面。

"只有这些青稞面，我去给你们做面吃，走了那么远的路，一定饿坏了吧？天气那么冷，我一直想找人给你们带个口信，但是我们这儿就两家人，黄秀又不出去，手机又没有信号，只能干等着。"翁姆站起身，脸上带着憨厚的笑容。

凤英点点头："是啊，就是害怕雪越来越大，你一个人招架不住，

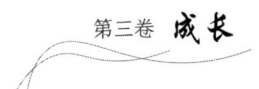

我们赶紧过来。孩子们特别想念你,这一次就跟我们回村里吧。"

"这个……再说,再说……"翁姆拖着沉重的身体在炉子旁忙碌。

凤英和蓝堇时在一侧帮忙,华素年将黄秀带了出去。

"娃娃们都好着吗?最小的扎西晚上睡觉还哭不哭?最大的卓玛怎么样?有没有把弟弟妹妹们照顾好?"翁姆还是很记挂孩子,坐在炉子边生火,蓝堇时在一旁烧水煮肉,凤英和面,三个人忙得不亦乐乎。

凤英道:"孩子们都很好,这段时间住学校,学校放假了就住我们家里,都被你教育得很好,还能自己干活,别提有多懂事了。就是刚刚进学校,成绩不怎么好,老师来了几次家里,让我们给孩子补一补,放心吧,小白会帮他们的。"

"翁姆啊,你别顾虑那么多,就在这里待着,我们把你当亲闺女。"黄秀的阿妈来了一句。

蓝堇时对他们的关系颇为好奇,却又不敢开口问。

"这是新鲜的羊肉,唉……羊被冻死了几只,正好可以充当口粮,两个老人要补充营养,黄秀说我也要好好补一下,要不然到时候没有力气生。"翁姆抚摸着自己挺起的肚子,笑得很温暖。

蓝堇时不失时机地说:"姐姐,我看你这样子也要生了,能不能坚持一下,咱们回村子里。那儿人多,也有医生,比较放心。村子里那么多人,难道还不能养活你吗?"

"这个……"翁姆犹豫了好一会儿,终究还是摇摇头。

凤英劝慰道:"翁姆啊,还是回村子里吧,那儿条件比较好,等春天来了再回来也是一样的。"

"不行,她不能走。"黄秀着急地走了进来,"翁姆要在这儿生孩子。"

"这……打算啥时候办喜事啊？正好是冬天，村子里的人都比较齐，要不就来个双喜临门吧，婚事和娃娃出生的喜事一起办了，这多好，两位老人心里也有了着落。"凤英看着他们一家人试探地说道。

黄秀的脸愈发红了："不……不是这样的……那个……"

黄秀和翁姆两个人的脸红到了耳朵根，除了摆手和摇头，说不出一句话来。

黄秀的阿爸沉默着，突然笑出了声音："我之前去寺庙，阿卡说我们家会人丁兴旺，将来家里会有很多孩子。我还说黄秀这个笨蛋怎么会找到媳妇呢，没想到是这么一回事，真是好啊，真好啊……"

"对啊，为了娃娃们，咱们也不能一直守在这里。将来这些牧场就给黄秀和翁姆看管，你们两个老人和娃娃们就到村子里去，冬天不怕冷，一年四季都吃得饱饱的，娃娃们有书读。不读书的那是牛啊，你看看黄秀为了考驾照多辛苦，从头开始学认字，还不会写……"凤英动之以情晓之以理，把话都说到了他们的心坎里。

蓝堇时在暗中给凤英竖起大拇指，不愧是方圆百里最有名的铁嘴。

黄秀的阿爸吸了一袋烟，沉默了良久，然后挣扎着起身，终于下定决心："回村！"

黄秀的阿妈看着翁姆，心生喜悦："翁姆啊，我们家穷，你不嫌弃就好，你带回来的孩子就是我们的孩子。"

由于夫妻二人一个常年瘫痪在床，一个又常年咳嗽，不能干重活，他们俩都觉得自己是孩子的累赘。多少次，他们想要把自己冻死在山里，不愿拖累孩子一辈子。多少次，黄秀赶着牛车，把他们从冰天雪地里拉回来，哭着跪在地上，求他们不要死，自己有能力养活他们。两位善良的老人觉得都是因为他们俩，黄秀四十了还没有娶上媳妇。现如今，儿子带回来一个女人不说，女人的肚子里还有个娃娃，女人的身后还有一堆娃娃，这死气沉沉的生活总算是有了个盼头。

蓝堇时热切地说："别灰心，总有我们呢。"

那一句"总有我们呢"，让黄秀的父母吃了定心丸。

于是，在一片风雪中，他们踏上了回村的行程。

翁姆害怕没有力气生下孩子，不断地往嘴里塞糌粑和风干肉。

凤英扬着马鞭在雪中疾驰。

黄秀快速地念嘛呢，一遍一遍地祈祷，希望翁姆母子俩能够平安。

两位躺在车上的老人也不断地祈祷，将手中的念珠转得飞快，期盼孩子的顺利降生。

风，还在呼啸。

雪，渐渐地大了起来。

到了下午，翁姆的阵痛逐渐频繁起来，双手紧紧地抓住羊毛毡子，头上也渐渐出汗。

"凤英，干部，你们说我会不会死在这冰天雪地里。我真傻，明知道有那么多孩子了，我还要生。要是我死了，那些孩子可怎么办啊？我答应过他们的阿爸，要照顾那群孩子的。"翁姆对凤英与蓝堇时说道。

凤英安慰道："不会死，别乱想。看见前面那座山了吗？翻过那座山，就回到了江源村。在村子里，有一位有名的医生，还有很多有经验的女人，他们会照顾你的。"

凤英看似说得很轻松，再次查看翁姆的情况时，脸色却十分凝重。

翁姆的脸色逐渐变得苍白，手紧紧地抓住被子："凤英，我觉得我快不行了，怎么办？要是生在这冰天雪地里，孩子会不会被冻死？我可怎么跟我的男人交代，他很看重这个孩子的。"

"放心吧，黄秀在这儿陪你，我们都陪着你。"凤英检查过翁姆的身体之后，突然改变主意，做了一个艰难的决定，"小扎西，黄秀，赶紧把帐篷扎在这儿。小雪豹，你带着两个老人回家，然后叫人过来帮忙，最好能开一辆车子过来，距离家也不远了，车子能来。"

"不行，我们不走，只有看见大人孩子平安，我们才安心。"黄秀的阿爸说什么也不肯走，他艰难地从牦牛车上爬起来，对着天空祈祷，嘴里念念有词。

凤英一看就来气："你们俩不要在这儿添乱了，忙起来没有人能顾得上你们，回家好好等着。我保证我们一定把大人小孩都平安带回去。"她说一不二的模样着实让两位老人都害怕了。

蓝堇时深吸一口气："我带你们俩回去，然后叫村子的人过来，你们坐好了。"

"干部，干部，如果我有什么万一，我的孩子们就托付给你了。我希望他们将来能像你一样有出息，走出去，走出这片看不见边际的草原。"翁姆咬着牙，从牙缝里艰难地挤出来两句话。

黄秀和华素年在原地安营扎寨，做起一个简易的帐子，暂时起到遮风挡雪的作用。

凤英生了很大很大的火，将周围的雪都烤化了。

蓝堇时带着两个老人艰难地往前走。

"翁姆就是命不好，如果是在夏天，从草原出来，再坐个车子就能到乡里，到乡医院生孩子多安全啊。"

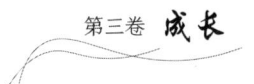

"命苦的女人啊,希望能闯过这一关。"

老两口对翁姆挂念不已。

蓝堇时只能加快速度,想尽快翻过眼前的大山,可是在草原上,看起来很近的路,走起来却需要很长一段时间。

直到后半夜,蓝堇时才带着孩子们和村子里能帮忙的女人们赶过来。翁姆痛苦的叫喊声连绵不绝,在场的人都在忙碌,此刻的雪下得更大了。幸而,帐子里生起了火,渐渐地暖和起来。

凤英将翁姆躺着的板车放在炉火旁,又盼咐黄秀和华素年去烧水,

满脸都是紧张。

一夜艰辛，翁姆生了个大胖小子的消息在草原上传开，外面守着的人们欢呼雀跃起来，相互拥抱，祝贺母子平安。

蓝堇时抱着孩子们喜极而泣，孩子们不明所以，只是不断地问："阿妈呢？阿妈怎么样？她好着没？"

蓝堇时急忙解释道："你们的阿妈没事了，已经没事了，她生下一个弟弟。等给弟弟洗干净了，我们就可以进去看看，你们也可以抱抱他，亲亲他。"

孩子们的脸上这才出现愉悦的笑容，他们将苹果、巧克力递给蓝堇时："你帮我们拿进去给阿妈，她吃点甜的就不痛啦。"

蓝堇时接过那些收藏很久却保存很好的礼物，感叹翁姆没有白养这群孩了。

孩子们趴在帐子前，小心翼翼地看着里面的阿妈和小小的新生儿。

外面，天已经渐渐地亮了。

第 22 章
尕龙来电话了

江源村的冬天是那么漫长,雪又下开了,简直是没日没夜。在外面奔跑的只有蓝堇时和华素年,还有一只撒了欢的藏獒。

除了老龙一家,村里其他各户的合同都已签署完成。

"丫头……丫头……我发现你这个小丫头还走得挺快嘛,我在后面叫你那么多声了,你都没有听见吗?"老龙领着羊,举着手机向蓝堇时跟跟跄跄地走来。

"老龙叔,真是太巧了,在路上遇到你,我正到处找你呢。"蓝堇时驻足,笑容僵在脸上。出门太急,她没有戴围巾和口罩,冷风将她吹得五官僵硬,这个笑容还是强行扯出来的。

老龙嘿嘿一笑:"小扎西快点帮我看看这个手机,这么长时间了,也没有人给我打电话啊。丫头之前不是说已经托人把我的号码给尕龙了吗?丫头该不会骗我吧?骗人的就是坏人,要受到惩罚的。"

蓝堇时愣神了一会儿,讪笑道:"我什么时候骗过你,我真的已经给尕龙传消息了,你这段时间都没有接到电话吗?"

老龙诧异道:"没有嘛,我问了村子里的年轻人,他们都说是雪下得太大了,所以没有信号。等春天来了,有信号就好了,到底是不是真的?"

"对对对,我们的手机也没有信号啊,现在手机在手里一点用也没有,你看我的手机,和你的一样。"华素年从军大衣里掏出自己的手机给老龙看。

老龙认真地看了又看,还戴上了自己的老花镜和墨镜,用两副眼镜一起研究了很久。

"老龙叔,你回去等着吧。我听说今天晚上就有信号了,到时候尕龙肯定会给你打电话。"华素年的心中突然闪过一个主意。

老龙一听说手机会有信号,笑得更加灿烂,脸上的褶皱拧在一起,目光也变得慈祥了很多。

在合作社,蓝堇时一脸震惊地看着正在吃开锅羊肉的华素年:"小扎西,你确定要这么做?这样下去会不会……老头子发现了,我们全村都吃不了兜着走。他是个倔脾气,一旦发起火来,他真的会烧了你的合作社。"

"那你说有什么好办法吗?"华素年吃了一口酸菜,又喝了一碗汤,一脸的满足。

在冬雪天气里,围着炉子,把鲜美的羊肉切好,水沸腾的时候下锅,再次沸腾的时候就可以捞出来吃,真的是鲜嫩肥美、口齿留香,没有一点膻味,整个屋子里洋溢的都是幸福的味道。肉吃多了,再来一口酸菜,正好可以中和一下油腻，浑身舒坦。

一旁的牧民也跟着吃上好几碗肉："咱们就听小扎西的，我们这是对症下药。"

多吉也表示理解："这件事情我来做吧，我和尕龙大哥以前一起放羊，老龙叔应该会相信。"

蓝堇时心中不安，为了带领整个村子奔小康，她不得不去做一次"坏人"：欺骗一个老人，这个老人还是那么善良。

华素年咬咬牙，把手机放到桌面上："这会儿有信号，那就打吧。"

蓝堇时默不作声，但是也不阻止，这是他们唯一的机会了。

祁主任说道："天气预报说明天不下雪，老龙签了合同之后，咱们就去县上，或者是把合同拍个照片发给县里，我们今年的工作就算是完成了。明年春天一来，钟教授就带人教我们种植草药，咱们村里剩下的贫困户就都能领上工资和土地流转的钱，多好啊。丫头，咱们也算是给村民们一个交代了。"

蓝堇时看着大家，内心还是很纠结。她不断地告诉自己，一切都是为了大局着想，不能让老龙一个人拖了全村的后腿，让整个村子不能完全脱贫。这么一想，她的良心好像能过得去了。

多吉拿起手机，熟练地摁出了老龙的手机号（那其实是华素年的另外一个号码）。

手机刚响了第一声，老龙激动颤抖的声音便响起："尕龙啊，是不是我的尕龙，能听见不？"

多吉按了免提，立马说了一句："阿爸，我就是尕龙啊，你最近好着吗？阿妈好着没？"

"我们俩都好着,你不要担心,你在哪里啊?尕龙,你在外面好好工作,不用管我们,家里都好。你放心吧,啥也给你留着呢,我和你阿妈什么都给你留着,不要担心我们啊。"老龙刚开始说得很淡定,后面的话,已经带着哭腔了。

话语里都是让尕龙好好的,没有一句让他回来,可是字字句句都带着牵挂,恨不得立马见到尕龙。

老龙的手在颤抖,声音在颤抖,眼泪哗哗地往下流,他擦掉鼻涕继续问:"尕龙啊,你在外面好着吗?一定要注意安全啊,这个是我的号,你要是有时间,一定要给我和你阿妈来电啊。"

"阿爸,我好着呢,我听说咱们那儿去了一个女书记,你得听她的话,不用什么都给我留。我在外面好着呢,等我买了大房子,把你和阿妈接到城里来住,我们就不回去了。家里的那些地啊,牛羊啊,你们都不要担心,全部都给别人看着啊。"电话那头的"尕龙"说得相当轻松。

老龙在这边点头,使劲儿地点头:"成着,成着,我家尕龙出息了,啥也好着呢,我和你阿妈等着,等着你回来。"

"阿爸,我忙着,你和我阿妈在家好好的,一切都听女书记和小扎西的,不用管我。你们等着我啊,地和牛羊也不要给我留,我是城里人了,不需要那些了。"一口气说完,多吉赶紧将电话挂断,害怕自己冒充的时间长了,会被老龙发现。

老龙在电话的这头听见一阵忙音,随后失落地看着手机:"哎呀,怎么挂掉了?应该让我回去,找他阿妈说说的,他不想跟阿妈说两句话吗?这个孩子……"

多吉还是第一次做这种事,吓得满头都是汗,手也在颤抖。

哐当一声，门被人冲开。

进来的不是别人，正是老龙，他的手上举着手机，身后还跟着羊，高兴得一塌糊涂。

多吉看见老龙进来，吓得两眼一黑，差点背过气去。

"老龙叔……你……你是不是知道了……我不是故意的。"多吉连忙站起来，哆哆嗦嗦地问。

老龙笑逐颜开，一把将多吉扒到一边："书记哎，真是没有想到，你说得对，我刚才就听见尕龙给我打电话了。真好啊，这个小子在外面混得真好，都当上老板了，啥也好着呢，还说要将我和老婆子接到城里去住，真好……"

"还说什么没有？"蓝堇时强颜欢笑，扯了扯嘴角，紧张地问。

老龙高兴得眼睛都眯成了一条缝，拿起桌子上的酒杯，将杯中的酒一饮而尽："没说啥了啊，就让我和你婶子好好地在家等着，等开了春将我们接到城里，真是好啊。"

祁主任一听就急了："难道尕龙就没说别的了吗？你这个老汉，怎么避重就轻呢，这么大的事情。"

老龙坐下，顺手抓起桌子上的羊排，津津有味地吃起来。

"对对对，还说新来的干部好，让我以后有事多找她商量。丫头啊，看来你的口碑不错啊，我们村子里面的人都信任你，这是天大的好事。凤英以前也是这样的，你比凤英还有出息。"老龙当着大家伙的面，对蓝堇时一通夸奖。

说完之后，房间里的空气凝固了，大家都在沉默。

"这就完了？没有别的了？"祁主任点燃一袋烟，瞪大眼睛问。

老龙吃饱喝足，牵着自己的羊，慢悠悠地走："没了，我家尕龙啥也没有说了。"

从始至终，蓝董时和华素年没有说一句话，只能眼睁睁地看着老龙装傻充愣，酒足饭饱后离开。

多吉气得喊道："他……他是不是装的啊？怎么可以这样！"

蓝董时深深地叹了一口气，看着窗外怅然若失。她深知自己责任重大，中药材的种植项目是好不容易才争取到的，不能功亏一篑。

正当大家都犯愁的时候，多吉手中的手机突然响起来了。

多吉低声道："是老龙，我要不要接？他不会看出什么问题来了吧？"

"接吧接吧。"华素年点头示意。

老龙的电话被接通。

"尕娃啊，你啥时候回来啊？赶紧回来过年啊，我和你阿妈都好几年没有见你了，回来相亲结婚生个孩子，趁着我现在身体还硬朗，我还能帮你带几天孩子，别在外面漂泊了，孩子总是要回家的。"老龙一口气说道。

多吉松了一口气，学着尕龙的语气回答："外面的生意太忙了，我现在有一个车队呢，满世界地跑，根本回不去。我少工作一天，就有很多工作都没办法完成啊，就不回去过年了，你一定要听女书记的话，让你做啥就做啥，别舍不得，国家都是为了我们牧民好。"

"知道了，知道了，你就放心吧，我一定会听话的。你在外面一定保重，没事多给我和你阿妈来电话，对了，你阿妈要跟你说话。"

手机里传来老龙太太温柔的声音："尕娃，你吃了没？"

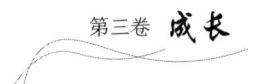

"阿妈,我吃过了,你的身体好着没?家里都好着吗?"多吉有点不耐烦,被华素年狠狠瞪了一眼,只能老老实实地跟老龙两口子继续说话。

"好着呢,尕娃不用担心,村里对我们两口子好,你又经常捎带那么些东西回来,我们的日子过得好着呢。家里的牛羊好着,放生羊一直被你阿爸照顾着,只要看见它好好的,我们就知道你在外面也好。"

"你们遇到事情多听书记的话啊,别擅自做主,我一有空就回去看你们,没事少给我打电话,我特别忙。"多吉说完赶紧把电话挂了,老头儿和老太太总是说那些陈年旧事,他怕自己会穿帮。

第 23 章
老龙不见了

第二天中午,多吉拿着手机急匆匆地走进村委会,双眼下面是一片乌青,一看就知道昨天晚上没有休息好。

"小伙子,年轻人也要好好休息啊,昨天晚上你又去谁家里玩了?"祁主任拍拍多吉的肩膀,咬了一口刚刚炕好的洋芋。

多吉生气地说:"扎西大哥,我昨天晚上都要疯了,真是没有想到这么麻烦。"

华素年正在找信号给北京打电话,准备将今年的牛羊卖出去一批,给乡亲们发一点钱过年。

"什么情况?你的手机怎么会有信号,真是奇怪了。"华素年接过多吉的手机。

多吉一脸无奈:"昨天晚上,只要手机的信号一来,老龙叔的电话就来了。我都怀疑那老汉昨天晚上没有睡觉,一直在漫山遍野地找信号

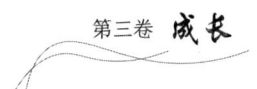

给我打电话,一个劲儿地打啊,信号时有时无,他每次都能准时打进来,我都要疯了。"

大家真是哭笑不得,万万没有想到老龙竟然会这般行事,那么大的雪,零下十几摄氏度,他竟然不睡觉,到处找信号给"尕龙"打电话。

多吉道:"早知道是这样,我就不帮扎西大哥拿这个手机了,我一睡着手机就响,一晚上折腾了无数遍。"

他的话音刚落,手机又响了起来。

来电显示是老龙的号码,多吉把手机放在桌子上,几乎崩溃。

蓝堇时看了一眼手机后问道:"他一晚上都在跟你聊什么啊?"

"啥也没说,一晚上在那里喊'尕龙啊,我是阿爸啊',然后我就回答'阿爸啊,我听得见,你有啥事吗'。老龙就在那边说'没啥事,就是跟你说晚上睡觉记得盖被子'……"多吉站起来,一改平时腼腆的样子,绘声绘色地学起来。

蓝堇时扑哧笑出了声音。桌子上的手机又响起来,多吉无奈地接通电话并按了免提。

电话那头传来老龙的声音:"尕龙啊,我是阿爸啊。"

停顿了一会儿,多吉这才缓慢地说了一句:"阿爸,我是尕龙哎,你到底有啥事情嘛,没事就不要打那么多电话啊,我很忙的。"说完便挂了电话。

大家都趁着这会儿有信号,忙着把这几天没有办妥的事情办好。

宝莲也赶紧过来打开电脑上网,给客户们赔礼道歉,表示只要路通了,就一定给他们发货。

村委会一时之间变得热闹起来。

就在大家忙得脚不沾地的时候，多吉的手机又响了。

"扎西大哥，姐姐，我真的受不了啦，还是老龙。"多吉举起手机说道。

华素年摇摇头："先不要接吧，打几次电话打不通他就不会打了，老汉这是故意的呢，好不容易有了联系方式，可不得一个劲儿地打电话吗？先晾他一阵子。"

多吉佯装把手机落在村委会，悄无声息地离开了。

蓝堇时回到家里，跟凤英说起老龙不断打电话的事情，凤英笑得合不拢嘴，说道："你们这群小东西啊，真是的，难道你们就不觉得奇怪吗？"

"我也觉得很奇怪，老龙肯定是有事情瞒着我们，没有那么简单的，可是又说不上来哪里不对劲儿。"蓝堇时一边说一边给包饺子的凤英打下手。

凤英摇摇头："放心吧，哪里不对劲儿过几天你就知道了，老龙的心里装不了事情，肯定会主动来找你的。"

孩子们的脸上都是面粉，手里拿着饺子津津有味地吃着，在屋子里乱跑。翁姆躺在床上哄孩子，脸上带着笑容，这一刻对她来说，是人生中最满足的时候。

"凤英，凤英……丫头在家吗？我真的有急事啊。"老龙太太颤颤巍巍地推门而入，脸上还挂着泪痕，显然是没了主意。

"老龙太太，你怎么来了？快点来尝尝我们包的饺子，牛肉土豆馅儿的。封路了，连白菜都买不到，只能用土豆了，你尝尝。"凤英扭过头，看见老龙太太局促地站在门旁，立马招呼道。

老龙太太擦了擦眼泪，看见蓝堇时，连忙要跪下："丫头，我总算是看见你了，你快点给我帮帮忙吧……"老龙太太那张向来平静的脸上

愁容不展，浑身一直在颤抖。

凤英端来一杯滚烫的奶茶递给老龙太太："快点坐下说，喝口茶暖暖身子，有丫头在呢，现在全村人都信丫头，丫头一定能帮忙解决你的问题。"

"是啊，婶子，到底怎么了？是什么事情让你这么难过啊？"蓝堇时扶着老龙太太到炕上坐下。

孩子们看见家里有事情，自觉地压低声音，安安静静地吃着自己碗里的饺子。

老龙太太还没说话便开始哽咽："老龙不见了，今天早晨出去了以后就没有回来。"

凤英听完之后，很潇洒地挥一挥手，从锅里盛出一碗饺子递给老龙太太："你们家老龙不是经常出去吗？他喜欢在外面过夜，只要去转山，在公路边就搭起帐子睡觉了。有那只羊陪着，也不知道你担心什么，真是的。"

"平时是这样的话我就不管了，今天他没有带太多干粮，看样子是打算今天晚上回来的。过了吃晚饭的时间看他没回来，我的心里就特别着急。现在都这么晚了，他还没回来，肯定是出事了。"老龙太太将自己的顾虑说出来。

她和老龙在一起那么多年了，对丈夫的习性了如指掌，但凡有点异常她都能知道。

"老龙跟你说了吗，说他今天晚上肯定回来？"凤英再次询问。

蓝堇时也警觉起来，在她的印象中，老龙太太一直是一个特别识大体的人，她这样哭哭啼啼地过来还是第一次，肯定是太担心了。

老龙太太说起自己的丈夫,眼泪又落下:"我都说了,那么大年纪不要出去乱跑,现在雪那么大,没有车子会进我们村的,只要他在家里就行。我早上做了两个大馍馍,他拿出去一个当午饭,晚上肯定是要回来的。"

蓝堇时将饺子递给老龙太太,看了看时间,已经是晚上十点了,一般来说如果老龙晚上回来,肯定会在天黑之前到家的。

仔细一想,下午的时候老龙还给多吉的手机打电话,可能还在山里。

蓝堇时拿起手机要拨号的时候,发现又没有信号了,狠狠地将手机放在桌子上:"一到关键时刻就没有信号,真是的,这鬼地方,鬼天气,我这就去找人。"

"也不知道老龙最近怎么了,跟年轻人一样对手机着了迷,每天都拿着这个手机拨号,有时候我还能听见我尕龙的声音咧。这个小匣子真好啊,我听小扎西说,这个手机里装着一个照相机,以后我还能让尕龙发个照片过来,真是好啊。"老龙太太看见蓝堇时要帮忙,焦灼的心终于安定了下来。

蓝堇时有点无语,现在只是假装尕龙通电话都已经折腾得人仰马翻,将来老龙夫妇要是想看照片,去哪里找一个跟尕龙一模一样的人啊?

"你吃点饺子。丫头,你出去找人,也给老龙带上点饺子,老汉一个晚上没有吃饭,指不定饿成啥样呢。那么大年纪的人了,还以为自己是年轻人吗,瞎折腾,真要出个毛病,都成我丫头的错了。"凤英一边唠叨,一边拿起一个保温桶,将饺子放得满满当当。

蓝堇时穿上一件军大衣,带上手电,拉着门外的战神就走。

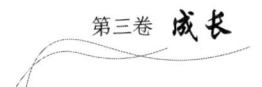

老龙太太看着窗外,一个劲儿地双手合十鞠躬:"谢谢丫头了,真是非常感谢,如果不是丫头,我今天晚上肯定会在家里哭死。"

凤英冷冷一笑:"我们丫头就是人好,那么多饺子,她尝了一口就再没吃上,这么着急地出去帮你找人,你们老龙还不配合她的工作,我丫头是啥样的人你们都知道呗,还能害你们吗?"

一说到老龙不配合工作,老龙太太赶紧把筷子放在桌子上,也不敢吃东西了,无辜地看着凤英,千言万语都说不出来。

"行了行了,老嫂子你赶紧吃吧,我就是这么随口一说。我也知道你们家你不做主,都是你家男人做主,快点吃吧。"凤英知道自己这次说得有点多,让人不好意思了,赶紧赔礼道歉。

老龙太太轻声道:"唉,我们家就尕龙一个儿子,我们什么都想留给他。只要家里的土地在,不管他走得多远,一定会回来的。如果没有土地、牛、羊,我和他阿爸走了,孩子就永远漂泊在外,也许江源村就会忘记有尕龙一家。草原是我们的家,是我们祖祖辈辈生活的地方,不回来守着就真的没有了。"

凤英叹息一声,"守着",谈何容易。

第 24 章
真　相

　　凤英又给几个孩子盛上饺子，一边嘱咐道："吃完饺子你们也出去看看，别乱跑，就到村口等着，有消息就回来报告，听见没？"

　　"我们吃好了，这就出去帮忙，你们在家，我们长大了，我们会保护姐姐的。"小白带着孩子们一溜烟地跑出去。

　　翁姆也招呼道："有消息就回来，你们出去不要打架。"

　　一串孩子呼呼呼地跑出门，老龙太太看得非常羡慕。

　　"我们家就从来没有这么热闹过，每到夜晚，都是我和老龙在念经，希望能为尕龙祈福。"老龙太太想儿子想到发疯，看见孩子们就触景生情。

　　老龙太太喝了一口滚烫的奶茶，慢慢打开了话匣子："凤英啊，我跟你说真的，我已经记不清尕龙长什么模样了，我记得眼睛是这样的，但是梦里的眼睛又是那样的，唉……"

　　蓝堇时骑着马带着藏獒到了华素年的合作社。华素年一听情况，也开始担心，赶紧叫上屋子里的年轻人，一起去找人。

"老龙不是经常在山里住吗，随便找个避风的地方就住下了，我们就算找到他，他不愿意回来，我们也没有办法。"老王不愿意去。

天气那么冷，没有几个年轻人愿意动弹。

华素年只好说道："要是你阿爸在山里没有消息，全村的人都不去找，你心里咋想，我就不信你们家里以后不遇到点事，不需要大家帮忙。"

蓝堇时也动情道："小扎西说得对，当初我一个人在村子里的时候，如果村里的人不照顾我，我早就被狼叼走了，还有今天吗？既然是一个村的，就是一家人，遇到难处要互相帮助。"

再没有人敢说不去的话，大家打起火把和手电，往山路上走去。

华素年问多吉："最后一次接到老龙电话是什么时候？"

"我不知道，后来我就走了，对了，手机还在村委会。"多吉红着脸说道。他万万没有想到，因一时图清静，没有将手机带在身边，竟然会发生这样的事情。如果老龙真的有个万一，他肯定不会饶了自己。

"赶紧去取手机，看看最后是什么时间打来电话的，能不能给那个手机继续打电话。"华素年有点着急，如果能随时接到老龙的电话，说不定还能知道老龙的行踪，也不会有今天晚上的事情。

多吉吓得赶紧骑着摩托车去村委会找手机，剩下的人陆陆续续往公路上赶。

蓝堇时走在队伍的最前面，黑夜中，在电筒的光照下，能清楚看见雪花飘在空中的模样。

天黑得什么也看不见，四周寒风萧萧，大家都默不作声地往前走。

这条公路是刚刚修好的，盘山而来，通向外面的世界。

路上没有一个脚印，或许是雪太大，老龙的脚印完全被雪覆盖了。

老王带头喊起来："老龙叔，老龙叔，能听得见吗？我们都在找你嘞！"

大家也跟着喊起来，却又不敢叫太大声，害怕引起雪崩。

雪被老龙扫过，堆在一旁拦住悬崖，地面上隐隐约约还能看得见撒盐的痕迹。

"是从这里开始的，我们沿着走，肯定能找到他。"蓝堇时说道。

沿着这条盘山公路走了很长时间，又到了山的另外一面，还是没有看见老龙的身影。

直到后半夜，三个火把同时亮起来——找到老龙了，这是蓝堇时和华素年在分头寻找的时候约好的暗号。

山顶上，老龙正哆哆嗦嗦地喊着："丫头啊，你可算是来了，我还以为我要在这儿等死了，谢天谢地，谢谢你们。"

"行了，别说话了，我们找个东西把你拉上来。你今天可真是幸运，要不是小雪豹叫我们来找你，我们还以为你今天住在山上。"一旁的小伙子说道。

老龙正在一个悬崖的边上站着。那是一块天然形成的石板，只能容得下一个人，老龙待在上面已经将近六个小时了，若不是他常年在山上，恐怕心里早已经崩溃。

那只放生羊在一旁咩咩地惨叫，仿佛是在给主人求救。

宝莲看见了非常感慨，给那只羊一些酥油舔了舔："万物有灵啊，老龙叔的这只羊真是比儿子还要亲，要是人的话估计也不会在这里守这么久。"

蓝堇时等人将一根绳子递下去给老龙，让他牢牢地拴在身上，慢慢地坐下歇口气。

她又把装着饺子的保温桶递下去："老龙叔，你吃点东西，保存好体力，我们想想要怎么把你拉上来，你在下面不要用力。"

"丫头啊，我不敢动力气啊，我都能感觉到这块石头松动了，我的脚也麻了，身子也冻僵了，咋办？"老龙的嗓子已经沙哑了。

蓝堇时把绳子紧紧地绑在上面的大石头上，等着华素年的支援。

过了一会儿，华素年带人来了，看见老龙在悬崖的石板上哆哆嗦嗦，手里还拿着一个酒壶，立马就打定主意。

"我们这儿还有两根绳子，现在人肯定不能下去，只能把绳子捆牢靠了，然后把人拉上来。"华素年说完，等待蓝堇时的意见。

"三根绳子，够了……不能再等了，老龙叔刚才喝了一大壶酒，现在也暖和了，咱们尽快吧。"蓝堇时不敢耽搁。

在众人的齐心协力之下，老龙终于从峭壁上被拉了上来。

那只放生羊看见主人得救，冲上去舔舐老龙受伤的脸和手。

"没事了，没事了，别害怕，这不是大家都来救我了吗，谢谢你啊。"老龙对放生羊宠溺地说。

"老龙叔，你来这山顶上干啥了？这儿又不通车。"华素年没好气地问道。

老龙看了一眼队伍后面的宝珠："宝珠跟我说山顶上面有信号，我就过来了。我要给尕龙打电话啊，这个角落有时候有信号，我的脚一滑就摔下去了，幸好我的羊拦了我一下，才没有直接滚下悬崖，要不然我就死定了。"

宝珠在一旁不敢说话，华素年怒火腾腾地盯着他。

宝珠低声狡辩："我说是有时候有信号，你赶紧打完电话就回家。谁知道你那么能折腾，漫山遍野地找信号，差点把我害了，你要是死了，全村人都不会放过我的。"

大家都有气无力的，或是坐在地上，或是靠在崖壁上，已经累得说不出话来。

"休息休息，我们回家，凤英已经炖了牛肉粉汤等我们，热乎乎的呢。"蓝堇时鼓励大家。

"凤英做饭最好吃了，以前我还经常去蹭饭，后来我阿妈不许我去了。"多吉抽抽鼻子。

老龙若有所思地看着多吉："你是尼玛家的多吉吧？你都长这么大了，以前我家尕龙在家的时候，你还是个尕娃娃嘞，那会儿抱着你来我家，你还尿裤子，你记得不？"

"不记得了。"多吉瞪了一眼老龙。

老龙笑了笑，扶着放生羊要站起来，可是两条腿说什么也不听使唤，一直都在发抖。

"丫头，尕娃，快点过来扶我一把，我是吓坏了还是冻坏了，我的腿脚不听话了，根本站不起来。"老龙在黑暗中颤抖。

"可能是冻僵了，回去拿药酒擦擦就好了，我背你。"华素年自告奋勇道，将老龙背在身上。

"丫头，尕娃，你们该不会是看中我的地，所以才对我这么好吧？如果地不在了，以后我出来，是不是就没有人管我的死活了？"老龙趴在华素年的背上，忧伤地问。

大家都饿着肚子跟在后面,谁都没接话。

过了一阵,宝珠从华素年背上接过老龙,吭哧吭哧地走在前面。

一群人慢慢地往回走,天已经被雪映得明亮起来。

凤英迎上去,看见老龙一副疲惫的样子,身后那只羊也狼狈不堪的,又是着急又是生气:"怎么着?还知道回来啊?我还以为你死外头了,还想着是狼有福气还是豹子有福气,能吃得下你这把老骨头。"

"你就会胡说八道的,唉……这一次算是捡回来一条命嘞,真是幸运,谢天谢地。"老龙不好意思地说。

"你不是要谢天谢地,你是要谢谢这群孩子,孩子们不去找你,你说说,你一个晚上怎么办?"

老龙太太站在一旁含着泪:"回来了,可算是回来了,回来就好……老龙啊,以后这种天气可不敢乱跑了,娃娃们担心着。"

"我不是想找到尕龙,好好商量一下地的事情吗?我怕我把地转让出去他们就不管我了,也怕尕龙再也不回来了。"老龙坐在炕上,他的腿脚慢慢地恢复了知觉。

凤英笑了:"怎么可能不管你?"

"丫头等我们这儿脱贫了就走了,臭小子肯定要去挣大钱,最后我们还是没人管。"老龙像个孩子一样委屈。

老龙太太的脸上愁容不展,怔怔地看着凤英。

"告诉你们吧,等我家尕龙回来,也是要进村委会的,一定为家乡做贡献,到时候我们家也是有人了。藏家乐开起来的时候,我们家就越来越好啦,你们一定要经常来我家,我们尕龙肯定欢迎你们,也欢迎孩子们。"老龙笑着,一口一个藏家乐。

宝珠站起来，满脸不耐烦："老龙叔，我求你了，你不要再说你的尕龙怎么怎么了，行不行？这些人谁愿意听啊？你现在就是想把我的想法强加给尕龙呗，你也不看看他是不是愿意……"宝珠说话很快，眼睛已经通红，很显然刚才喝了不少酒。

"祁宝珠，你给我坐下，要么就回家去。"蓝堇时也站起来，厉声制止宝珠，生怕他犯浑，说出不该说的话。

宝珠却不肯走："你们不要再假惺惺的了，我看着都烦。你们一个个都看不起我，都喜欢宝莲。宝莲再好，将来还是别的村子的人。你们守着一个宝藏，但是你们自己都不知道，我替你们感到丢人。"

"对对对，我们的错，你先回去。"华素年将宝珠从炕上拉下来。

宝珠仍不肯走，老龙沾沾自喜："你们这群年轻人对这个臭小子真是太客气了，如果我的尕龙在，肯定一脚就把他给踹飞了，还能跟他这么好好地说话？这么不听话的孩子，就是欠揍，江源村的每个人都被我的尕龙揍过，我们家尕龙打架都没有输过。"

"老龙，你不要提你的尕龙了，好不好？我们听着都觉得难为情。告诉你真相吧，怕你承受不住，不告诉你吧，看见你这个样子也挺可怜的。今天我就告诉你，什么是真相。"宝珠蹲在茶几上，一副天不怕地不怕的模样。

在座的年轻人都十分惊恐，拉住宝珠："宝珠，你敢说一个字试试看！你要是说了，从今天开始就不要在江源村混了。"

"我怕什么，我早就应该说了，之前看在藏家乐的分上，我一直忍着。现在我不想忍了，你的尕龙早就不在了！全村人都知道，就你们两个人还蒙在鼓里。你还得意扬扬地要给尕龙留地,还想抢我的藏家乐。

就你傻，他们欺负你，我孝顺懂事才跟你说实话。"宝珠挥着手臂朝老龙大喊。

整个小卖部里静悄悄的，只有炉火噼噼啪啪的声音。

老龙和老龙太太几乎要窒息了，呆呆地看着眼前的这群年轻人。

"你……你们……你们怎么可以这么诅咒尕龙呢？那是你们的大哥啊，小时候抱着你们骑过大马，带你们在山上放羊，你们怎么可以这么诅咒他？"老龙指着在场的所有人，不愿意接受这个事实。

蓝堇时只觉得大脑嗡嗡作响。

"丫头啊，他说的是真的吗？这么多人我只相信你。"老龙看向蓝堇时，迫切地需要一个答案。

蓝堇时的嘴唇微微动了动。

"小扎西，你说呢？你们是不是都知道尕龙不在了，那给我打电话的又是谁？每年给我寄衣服的又是谁？臭小子啊，臭小子，我恨死你了，你怎么可以这么诅咒我的尕龙。"老龙已经喝多了，他拿起手旁的东西砸向宝珠。

宝珠突然撒起酒疯："够了，你们还要骗这个可怜的老人到什么时候？太不像话了，电话是多吉打的，多吉的声音最像尕龙，衣服和食物那些都是村里人给买的，我还给你买过鞋子呢。"

老龙顿在原地，仿佛这个世界已经按下了暂停键。他晃晃悠悠地从炕上下来，华素年想要上前扶他一把，却被他拒绝了，他挥挥手："天黑了，我要回去睡觉了，你们谁也不要打扰我。"

老龙太太见状，赶紧扶着老龙，两个老人摇摇晃晃地消失在风雪中。

蓝堇时害怕出什么事情，想要跟在他们的背后，却被凤英拦住："丫头别去了,这层纸既然已经捅破了,就让他们自己慢慢消化吧。"

"明明还是早上,为什么老龙说是天黑了啊?是不是傻了?这么大的坏消息,他肯定受不了。"宝莲的心里很难受,都是因为自己那多嘴的哥哥,两个老人才遭受这么大的打击。

蓝堇时心情沉重,不想说一句话。

华素年喝了一碗酒,低声说道:"我还是去看看吧,他们两个老人,可千万不能出什么事情。"

"不用去,给他们一点时间,能经受得住。你们去了反而不好,你们真以为老龙什么都不知道吗?只是活一个希望罢了。"凤英很通透,心疼地看着蓝堇时。

宝莲一脸愧疚:"堇时姐姐,真的对不起,我不知道宝珠会这么混蛋,如果老龙叔两口子真的有点什么,我们以后在村子里还怎么做人啊?"

蓝堇时说:"宝珠是宝珠,你是你,不用感到愧疚。"

第 25 章
等一声"阿爸"

时间不紧不慢地过去，在高原上，在村子里，日子总是慢慢悠悠地流逝，每家每户都感觉自己做了很多事，可是又感觉啥也没有做。

蓝堇时和华素年多次到老龙的家里探望，可两口子总是闭门不出，连大门都不打开。

也许，对于老龙来说，真的是天黑了。

"丫头来了，我们就不出去了，你叔刚刚睡下，谢谢你们来看望。"老龙太太总是在门边说上一句很客气的话，随后，就再也没有声音了。

刚开始，村子里的人在凤英的小卖部里还说起老龙如何如何，说很久没有看见他，也不知道他身体好不好。

后来，老龙两口子慢慢消失在人们的言语间。

隆冬时节，各家各户都很少出门，只有蓝堇时和华素年骑着马儿或者牦牛在村子里的各家各户穿梭着，为明年的正式脱贫早做打算。

就在大家快要把老龙遗忘的时候,一天傍晚,下着鹅毛大雪,老龙太太一脸平静地出现在小卖部。

"丫头啊,我找你有事,你把那个协议书拿出来吧,我按手印。"老龙太太低声道。

蓝堇时头天晚上等着手机有信号,给北京的钟教授打电话确认中药材种植的事情,一直到凌晨两点多钟才睡下,现在被凤英从床上拽起来,一脸蒙地看着老龙太太。

在小卖部里闲坐聊天喝奶茶的人都觉得奇怪,一边打量老龙太太:"老龙同意吗?再说了,你们家不是老龙做主吗?"

"是他让我来找丫头的,怎么会不同意呢?丫头,把协议书拿出来吧,我这就签字。"老龙太太轻声道。

蓝堇时将最后一份土地流转协议书拿出来,从秋天到冬天,整整一个季度都在做老龙的工作,没有想到现在这么轻而易举地就拿到了。

老龙太太庄严肃穆,满脸认真地拿起笔,要在协议书上写字,可是……她一个字也不认识,就连自己的名字也不会写。

不……准确地说,这么多年,都没有人叫她的名字,她都忘了自己叫什么,是格桑梅朵还是邦吉梅朵来着?

大约是三十年前,也许是四五十年前,她还是姑娘的时候,那会儿有人叫她的名字,等她结婚生子,渐渐地成为村子里年长的一辈人,便没有人叫她的名字了。

老龙虽然是她的丈夫,可是从来没有叫过她的名字,结婚的时候就是"喂,哎",有孩子的时候就是"尕龙阿妈",孩子离开家后,她的称呼又变成了"喂,哎"。

想到这里，老龙太太放下笔，将印泥盒缓缓盖上："凤英，我不记得我叫什么名字了，我只知道大家都叫我梅朵，什么梅朵啊，邦吉梅朵还是格桑梅朵啊？我怎么连自己的名字都忘记了，如果尕龙在的话，他还记得阿妈的名字吗？"

老龙太太转身："丫头，到了傍晚，你来我家吧，老龙会签字的，我……我不签。"

这一次，她要任性一次，也要发个脾气。

许多年来，她的情绪一直都很稳定，总是遵从父母的教诲，女人啊，要忍耐，不要轻易发脾气、抱怨生活，这是生活给予的，如果想要来世过得好，就多多地念嘛呢。

所以老龙太太是一个没有情绪的人，不会大喜，也不会大悲，最后不知道是情绪驾驭了她，还是她驾驭了情绪，她成了村里女人的楷模。夫妻俩吵架的时候总会说，你看人家老龙媳妇多好，从来不会争辩吵嘴。

蓝堇时答应了一声，将老龙太太送出门："婶婶，你真的不记得自己的名字了吗？"

"记不清了，唉……"老龙太太叹了一口气，落寞的背影消失在大雪中。

蓝堇时觉得很哀伤，高原上不知道有多少像老龙太太一样，一辈子任劳任怨的女人，心里、眼里只有丈夫和孩子，把自己变得渺小……甚至没有……

蓝堇时问："凤英，你还记得老龙太太的本名叫什么吗？"

"不知道，我从到江源村的那天开始，别人都说她是老龙家的，后来说是尕龙阿妈，她说自己叫梅朵，我都是不记得的。"凤英感到非常遗憾，也是她的疏忽，这么些年来，她竟然忘记要问一问老龙太太的名字。

蓝堇时又问一旁的祁主任:"大大,你还记得吗?"

"我哪里会记得,我能记得我的媳妇叫桂兰都不错了。"祁主任抽了两口旱烟。

蓝堇时又问:"那……哪里能找到相关的资料,也许……也许能知道她的名字。"

"当年人口普查的时候可能会有,资料都在村委会,你可以去寻找一下,都是原来的书记做的,也不知道他是不是做详细了。"祁主任说道。

蓝堇时在心中记下了这个事情,拿着合同去了村委会。

晚上的时候,蓝堇时敲开了老龙家的门。

屋子里非常简朴洁净,老龙躺在床上,完全没了往日的精气神儿,耷拉着脸,一旁的手机也没了电,浑浊的眼不知道看向哪里。

"丫头来了,我今天身体不好,起不来了,你随便坐吧,咳咳咳……"老龙虚弱了很多,说话上气不接下气。

刚刚进屋,蓝堇时就能从这个家里感受到一个词——死寂,是的,昏暗的家中没有点灯,炕也不热,四周都是冰冷冷的,如同冰窖一般。

蓝堇时蹲在地上,给炉子生火,一边收拾家里:"老龙叔,我来看看你们俩,如果有什么困难就尽管跟我们说,咱们村子那么多人,都是你的亲人。"

"咳咳咳……我没有亲人了,丫头啊,也就你愿意把我当成亲人,这么好心地骗我。你们骗我,我也骗自己,就这么相互欺骗了好些年,这么久了,梦也该醒了。"老龙躺在床上咳得仿佛要把心肝脾都吐出来。

蓝堇时赶紧打开门,让房子透透气,又给老龙和老龙太太一人倒了一杯茶,开始做饭。

蓝堇时也看出来了,老龙就像彻底垮掉了一般,没了半点生机,她也不敢提签字的事。

老龙不知道从哪里找到酒,咕咚咕咚地喝下几口:"丫头不要忙活了,坐下陪我喝点酒,我也想要找人说说话。"

蓝堇时笑了笑:"我带来了羊肉,炖在锅里,一会儿咱们吃肉喝酒,我陪你聊天。"

不一会儿,肉的香味从锅里散发出来,撒上一把花椒,再加点孜然辣椒面,闻到的人都忍不住流口水。

蓝堇时把肉放在碗里,用手抓着吃,一边说道:"老龙叔,来一口不?可香了。这可是草膘羊,别看小扎西开着合作社,但是他的羊绝对不是育肥的,而是用草养大的,所以口感特别好,尝尝……"

老龙叹息一声:"我吃不下,年纪大了,吃那么多做什么,都是给人添麻烦。"

"婶子,你吃,你尝尝,可好吃了!我知道你家里以前条件好,什么好吃的都吃过,但是这一口羊肉绝对不同。"蓝堇时就像个孩子一样在两位老人跟前撒娇耍赖,伸手拿出一块羊肉递给老龙太太。

老龙太太笑了笑,羞涩地张开嘴:"有啥不同嘛,不就是羊肉吗?"

"因为是我做的啊,所以与众不同。我以前可从来不下厨做饭的,凤英全部都做完了,我都没有发挥的空间。"蓝堇时故意把羊肉嚼出响声,还给自己倒了一杯凤英特制的桃花酒。

有了烟火气息,这个小小的房子瞬间就变得暖和起来。

老龙咽了咽口水,不好意思地问老龙太太:"哎,真的很好吃吗?很香吗?"

老龙太太白了他一眼："你自己尝尝不就知道了嘛，吃的东西不要问别人，自己亲身体验才是最好的。"

老龙又看向蓝堇时："要不，我也吃一口，算是我陪你吃的，唉……年纪大了，就算不想吃，也要陪陪你，毕竟你是客人嘛。"

"不用你陪，我有婶子陪呢，你自己好好躺着吧，毕竟你是病人。听说你最近都起不来床了，是不是上次冻坏了？"蓝堇时将羊肉端到另外一侧，故意给老龙腾出位置，让他可以躺下。

蓝堇时把羊肉端走，嘴里还不断地嚼着肉。

老龙也顾不上自己还是"病躯"，从炕上下来，坐在小桌子跟前，顺手拿起一块肉，吃着吃着突然就笑出了声音："香……丫头做的开锅羊肉果然与众不同。"

老龙太太悬着的一颗心终于放下来，之前那么多人来家里，没有一个人是能劝得动老龙的，他连门都不给别人开。

老龙品尝了一口羊肉之后就愈发不可收拾，连锅都拿起来直接喝汤："丫头，你放了点啥，做得这么好吃。我们家老太太根本不会做饭，这些年我都吃腻了。尝尝你做的饭，真是好吃得很。"

"只要你喜欢，以后我有时间就过来给你们俩做饭，肯定让你们俩满意。"蓝堇时饮下一口桃花酒，露出了欣慰的笑容。

老龙酒足饭饱，靠在炕上打嗝，那张布满阴霾的脸渐渐地开阔起来。

"如果当初尕龙娶了媳妇再走，我们两口子也不至于没有个人照顾，哪怕是有个孙子，我们也有点寄托和惦念不是？这样一走……我的心里就空荡荡的，特别空……"老龙顿时伤感起来，蓝堇时这样活力十足的年轻模样，总是让他想起儿子。

老龙太太却一脸平静:"行了,想那么多做什么?他就是去转世了,说不定下一次转世还是我们的家人。"

老龙看着桌子上的协议书,艰难地写上自己的名字,又默默地按了手印。

"丫头啊,没了地,我就没了希望,可是看见你和小扎西,我就好像看见了尕龙,我相信你们。"老龙顿了顿,眼里含着泪。

蓝堇时靠在老龙太太的身上,仿佛真的是他们的孩子,笑道:"婶子,我知道你的名字叫邦吉梅朵。我查了村委会的资料,当时是尕龙大哥帮你填写的,就是叫邦吉梅朵,别忘记了哟。邦吉梅朵,多么温柔诗意的名字,一听就很让人欢喜。"

"原来你叫邦吉梅朵,我都忘记了,以后……你就只有我,我也只有你了,我发誓,再也不会忘记你的名字,也会记得你的模样。邦吉梅朵啊,来世我们还做夫妻,我们生很多很多的尕龙,围着我们转,一个让他去北京,一个让他去上海,再一个让他去拉萨,孩子们都去了远方,我还是守着你。"老龙喝了一口酒,用低沉的声音说道。

蓝堇时为他所说的这些发自内心的情话而感动,忍不住擦拭着眼角:"老龙叔说得真好!"

"当着孩子的面呢,你说这些做什么!"老龙太太像一个十六七岁的小姑娘一般,在昏暗的灯光中红了脸,可是却露出幸福的笑容。

老龙很高兴,对蓝堇时说:"丫头,尕龙这么多年不回来看我和他阿妈,其实我猜也能猜到,他肯定是出事了。他特别孝顺,要是活着,一定不会这样的。我和他阿妈只是不愿意相信罢了。"

蓝堇时满脸错愕地看向老龙,内心波澜起伏,难以置信地问道:"老龙叔，这怎么可能？我们都瞒得很好的。"

"你们以为是你们在演戏，其实是我们两口子在陪你们演下去，说来真是可笑啊。"老龙咂了一口酒。

老龙太太给蓝堇时添了一碗奶茶："互相欺骗着多好啊，至少都不会那么痛苦。丫头啊，土地在，人就会回来，我们就只靠这点希望活下去了，你别介意。"

"不会，不会，只是……我还是不明白，你既然已经知道了真相，为什么还要漫山遍野地找信号，等多吉给你打电话呢？"蓝堇时不理解地问道，一边将吃剩的骨头放在一旁。

老龙笑看着远方："多吉的声音跟尕龙的真像啊，那么多年了，我听见尕龙叫阿爸，我的心就暖暖的，我希望他多叫几声，我就觉得好像尕龙还在似的，多少年了，我等到了这一声'阿爸'。"

这是一个老父亲的期盼，说出来都是心酸。

蓝堇时给老龙的酒杯满上酒，心中也觉得不忍："对不起，老龙叔，我们只是希望你的晚年能快乐一些，少一些烦恼，虽然我们知道瞒不住，可是……大家都不希望看见你没了精气神儿，整天躺在床上。"

"丫头啊，等我百年了，你能让多吉在我的耳边叫一声'阿爸'吗？"老龙突然提出这个请求。

蓝堇时犹豫了一会儿，点头答应："好，我去跟多吉说，他是个善良的孩子，肯定会答应的。"

"我就知道，遇到困难找丫头就对了。"老龙太太对蓝堇时充满了信任。

老龙举起酒杯："丫头，我谢谢你。回去吧。"

蓝堇时感到莫名其妙,怎么说得好好的就要赶人,难道她刚才的话有什么不妥,让老人家不高兴了吗?

老龙太太也在抱怨:"你刚吃完丫头带来的肉,吃饱喝足了就赶人走,性格太古怪了。"

"我说我困了呗,需要好好休息,别在这儿烦我了。"老龙变得一脸严肃。

蓝堇时拿着签了字的协议书出来,突然觉得心中一空。她都是这种感觉,更不要说老龙夫妇了。在他们看来,土地就是信念,没了信念,活着就没了奔头。

第二天清晨,天刚刚亮的时候,雪又开始下起来。

老龙颤颤巍巍地出现在山头,身后跟着羊,仿佛恢复了以往的精神,遇到认识的人还能聊上一会儿。

"老龙哪里去?"凤英问。

老龙满脸激动:"去转山,这样的大雪天气,万一有车子来我们村,那么高的山上,车子打滑,你说怎么办?人家的娃娃也是父母心尖尖上的宝贝啊,尕龙已经不在了,不能让这个世界上出现更多的尕龙。"

"去吧,路上小心些,回来把嫂子带过来,我们晚上一起吃开锅羊肉。小扎西今天早晨给我带了新鲜的羊肉,晚上咱们好好地喝一杯。"凤英盛情邀请。

老龙点点头:"成着,成着。"

蓝堇时在屋子里听见他们在聊天,心里稍稍安慰了一些,老龙振作起来了,愿意出来跟人交流,这就是天大的好事。

老龙牵着身边的羊:"尕龙,快走吧,我们转山去咯。"

第 26 章
求救的动物们

外面的夜色逐渐朦胧起来,在这样下大雪的天气里,天黑得特别快。明明也就是下午五六点,整个草原却被一团黑雾笼罩住。

雪还在没完没了地下,大家都猫在屋子里,有些人已经给家中的牲畜盖上了厚厚的被子。

"丫头,你回头跟凤英说一声,我回家看看那几只羊羔,那些手工活儿我都做好了,已经分好批次,等路通了,直接拿出去邮寄就行。"桂兰穿上大衣,急匆匆地出门。

蓝堇时眼看着电脑就要没电了,赶紧趁此机会将材料打印出来,还没来得及答应桂兰,她已经消失在风雪中。

不一会儿,厚重的帘子又被掀起来,老龙带着一身寒气到了凤英的小卖部。

"冻死了,这个鬼天气!丫头也在,那正好,来点牛奶或羊奶。"

老龙抬眼看见蓝堇时,立马将语气放舒缓了许多,将怀里的小东西抱出来,那是一只还没有睁眼的小羊羔。

蓝堇时吓得吃了一惊,看见老龙身上没有消融的雪,又看看他怀里奄奄一息的小羊羔:"老龙叔,你干啥去了?这不是家养的羊,这是……"

"唉……可怜死了,说来也奇怪,可能是山里或者是草原深处没有东西吃,这些野生动物到处找吃的,我将我带去的酥油、馍馍都放在了路边,等到这些动物走了之后我去看,这不……留下一只小羊羔给我……"老龙看着小羊羔,眼神十分慈爱。

蓝堇时接过那只小羊羔。瘦弱的小可怜发出羸弱的咩叫,在她怀里蹭了蹭,像翁姆那刚刚出生的小小扎西。

蓝堇时找来一个不用的奶瓶,给小羊羔装了点牛奶,小家伙儿贪婪地吮吸,闭着眼睛咕咚咕咚地喝了一大瓶。

老龙流下滚烫的热泪:"这小不点也是一条生命啊!以前的这个时候我从来没有看见野生动物到村子里找吃的,但凡是有人住的地方,它们都躲得远远的。现在不行了,它们好像是在跟人类求助一样。丫头啊,今年的雪太大,可能会出大事啊,你可得想想办法。"

看着怀里的藏原羚小羊羔,蓝堇时的内心被触动了。

"老龙叔,你说得对,我准备跟小扎西商量一下,他可以拿出一部分草料给那些野生动物,各家各户也都有一些,可这些还是远远不够的。江源村草原那么大,巴颜喀拉山那么大,我们这些东西就是杯水车薪,咱们还是得另外想办法。"蓝堇时意识到形势严峻,如果不尽快请求支援,那些动物的生命堪忧。

老龙心疼地看着小羊羔："丫头啊，你现在不仅仅要管我们江源村的百姓们，还要管江源村的动物们。"

蓝堇时知道，自己肩上的责任重大。

她把小羊羔递给老龙："你帮凤英看会儿店，我得出去一下。天气越来越冷，三九天还没有到，动物们都已经饿得不行了，我还是去找生态管护员了解一下情况。"

蓝堇时骑上了马儿，往江源村妇女主任杨秀措家奔去。

杨秀措的丈夫更尕是生态管护员，他们一家几口都不在村子里居住。按照他们家的习惯，此时此刻肯定是在山上，蓝堇时赶紧骑着马往山上去。

大雪的天气里，辨别方向全都是靠感觉。

到达杨秀措家的帐篷时，天已经漆黑，伸手不见五指。

杨秀措看见蓝堇时急匆匆地赶来，领着孩子出来迎接。

孩子们七嘴八舌地问："姐姐，你怎么来了？外面好着没？小白好着没？小米伽好着没？那只藏獒好着没？凤英好着没？"

"好着，好着，都特别好着。"蓝堇时边答着边靠近炉子取暖。

杨秀措端来一杯滚烫的奶茶："这么大的雪，你怎么来了？快点喝一口奶茶暖暖身子，可不敢冻着！孩子们，你们出去看看阿爸回来了没，天那么黑，万一你阿爸找不到家怎么办？"

"更尕大哥去哪里了？"等身子渐渐暖和了，蓝堇时问道，这一路走来，冻得她半条命都没有了。

杨秀措忧心忡忡："你大哥捡到了几只冻伤的动物送去治疗了，等他回来我让他去村里找你们。这么大的雪，人和动物都要遭殃了。"

蓝堇时越听心情越沉重,看来大雪对动物们造成的影响比想象的还要严重,得赶紧回去想办法。

刚回到家,华素年风风火火地冲进来,大声嚷嚷:"大家都在村委会等你,别磨磨叽叽的,出大事了,我这就去找人。"

蓝堇时飞一般地冲进雪里,往村委会奔去。村委会里已经挤了不少人,没有坐的地方,大家都蹲在地上,满脸焦虑。

"书记,你可算是来了,你说可怎么办才好啊?"祁老大抢先说道。

"阿爸,你别这样,别怕,书记会给我们解决的。"宝珠坐在一旁安慰,自从老龙事件之后,他比以前懂事多了。

"到底怎么了?"蓝堇时问道。

祁主任这才过来说:"天气太冷了,昨天晚上又下了一场大雪,这些人家里的牛羊挨不住,已经死了。小扎西那儿也死了两三头,现在草料也不太够,唉……今年是怎么回事啊?"

"小雪豹,你可算来了,咱们村怎么办?我们家的牛羊可是要卖了给尕娃娶媳妇的。今年的日子好不容易好过了一些,怎么又遇到这种事情,要是没有钱,对方也不知道还能不能来我们家。"阿德说道,他身上的衣服不厚,鼻子吸溜吸溜的,冷得几乎要抱着村委会的炉子。

"你再别说,我家从小扎西那里买的羊羔好不容易长大了,我也打算卖上一些钱给闺女当陪嫁。要不然就这样嫁过去,将来婆家看不起怎么办啊?我们没钱还能将就,丫头就不一样了,总不能明年不嫁吧?"老张也开始忧虑。

一旁的生态管护员一脸愁容:"我在来的路上看见路边死了不少野驴、藏羚羊,今年生计艰难啊……"

"村子里有损失的都来了吧，咱们赶紧开会，看看下一步怎么办。"华素年匆匆进来，身后还跟着很多村民。

大家都耷拉着脑袋，一脸愁容。家里有牛有羊的，都指望着这些过日子，一场大雪，把所有的指望都毁了。

蓝堇时拿出纸笔："咱们还是先统计，想对策，现在大家都哭丧着脸也没用，解决问题才是正事。"

话虽是这么说，可是她的内心也是非常忐忑的。江源村的脱贫工作虽然没有取得阶段性的胜利，但大部分人都已经有了正常的收入。如果因为这一场大雪，又让村民们重返贫困，那这段时间的辛苦真的是白费了。

大家开始排队报告自己的损失和家中的粮草存量，有一个叫德吉的女人走上前低声说道："丫头啊，我们家已经没有粮食了。我还想着最多封路十五天，等路通了，我们就去外面换粮食。人都没有吃的了，动物就更不用说了嘛，跟你说真的管用吗？"

蓝堇时赶紧登记上，一边说道："管用，我们不会让你和家人饿肚子的。现在正在统计，等我跟上面汇报，想办法弄来粮食。"

"我信你，从你来我们江源村开始，大家都相信你。"德吉的声音很低，"我一个人也吃不了多少的，只是我家尕娃还小，不能饿着孩子。她阿爸还在外面干活，也不能马上回来，真是给你们添麻烦了。"

"德吉大姐，你别这么说，是我之前没有考虑周全让大家多囤点粮食。"蓝堇时的心揪在一起。

德吉还是很忧虑："村子里的粮食就这么多，你还能想什么办法啊？挪来挪去，最后大家都饿着。"

"德吉大姐，不会的，我们已经在跟外面联系了。知道我们这里困难，县里、省里不会不管我们的,你尽管放心。"蓝堇时连连安慰道。

宝莲在一旁帮忙统计数据,计算器敲得啪啪作响,眉头紧紧蹙在一起。

"姐姐,算出来了。目前伤亡牲畜有一百二十头,有三户人家的粮食不够了,草料满打满算也就只剩下两天的量。扎西大哥那里草料还比较多,可是他们那儿牛羊也多啊,也就只能顶个十多天。接下来咱们怎么安排?"宝莲问道。

那么大的雪,车子根本出不去,人也不能轻举妄动,稍不留神就会掉下悬崖。只能坐以待毙吗?

更尕冒着雪过来了:"大家都在开会呢,小米伽带着几个娃娃去我家里了。现在野生动物冻死的也有上百头,看上去可怜得很,我们不能不管啊。我们生态管理站的草料也不够,一天都撑不下去了。"

华素年道:"能联系到外面吗?这么持续死亡下去,草原上很可能撑不住。死亡多了,就会引发疾病,一系列的问题都会出现。堇时,这些都不容小觑,还有来年的事情你想过吗?"

"我已经在联系了,可是现在手机没有信号。不行的话我还是出去一趟,去找县里筹集物资,再难也要熬过这个冬天,不能再有死亡了。"蓝堇时说道,大冷天里急得手心出了汗。

华素年点头:"我还可以挪出一部分草料给野生动物,大家齐心协力先度过这几天吧。堇时,最多三天,咱们就撑不下去了。三天的时间,你有把握从外面拉来粮食和草料吗?"

蓝堇时想了大概三十秒钟:"能!"

老王嘘了一声:"吹吧你就,你是能飞吗?现在怎么跟外界联系?"

大家的斗志刚刚被点燃，觉得看见了希望，又被老王一盆冷水给浇灭了。

"所以我们才要齐心协力克服困难啊，当务之急先安顿好家里的人和动物，再去给山里的动物送吃的，愿意干的人有多少？"蓝堇时问道。

老王冷哼一声，瞥了一眼宝珠。

华素年道："宝珠，我知道你家里还有草料，你是怎么想的？"

宝珠缓缓地抬起头看向宝莲，宝莲立马说道："现在我们家里没有牛羊，之前家里囤着的草料全都可以拿出来。"

"宝莲你是不是傻，留着卖多好啊！你现在一个劲儿地都奉献出来，你是不是把我们家当成土豪了？"宝珠恼火地说。

蓝堇时狠狠瞪了一眼宝珠："行，宝莲家里能拿出来一些草料，还有谁家里有闲置的或者是有多余的，暂时先拿出来一部分，我们先去山里救野生动物，家里的动物够吃三天就行。"

大家看见有人带头拿出来一些，都纷纷将家中的草料匀出来。

老龙颤颤巍巍地来了："丫头，你放心，只要有我一口吃的，我肯定不会让我看见的动物饿着，我已经把那只小羊羔养得好好的了，今天早晨还叫唤呢，你放心吧，这是一些酥油，你拿去给动物们舔一舔。"

看着大家讨论得热火朝天，宝莲特意盯着好几个手机看看有没有信号，好尽快和上面联系。

蓝堇时这才安排下来："这样吧，小扎西你负责带领一些年轻力壮的小伙子先给附近的野生动物送草料。我和宝莲她们去城里，说什么也要筹集到一部分粮食先送进来，不能让村子里断了粮食。等我们搞到一些粮食就回来跟你们会合，你觉得怎么样？"

一旁的更尕也觉得非常可行，赶紧说了一句："小雪豹，我们还有一个生态管护员至今没有找到，也许还在我们设立的生态保护站。咱们也要准备一些人吃的粮食，最好能找到他，如今冰天雪地的，我们不能放弃任何一个人。"

蓝堇时来不及说什么，看见手机依旧没有信号，带着宝莲还有两个年轻人就往外面走。

凤英听说蓝堇时和宝莲几个人要去山外筹集粮草，紧赶慢赶地来送行："丫头啊，丫头们，你们的胆子可真大啊，万一出点事可怎么办啊？"

"凤英，我们没事，你不是说你当年就是一个人来到草原上的吗？你一个人能行，我们好几个人呢，互相有个照应，肯定可以的。"蓝堇时安慰着急的凤英。

桂兰也看着宝莲："好样的，宝莲丫头，我们老祁家所有的男人都比不上你，你比你的哥哥好多了，婶子为你点赞，我等你回来。"

蓝堇时穿着军大衣，戴上一副墨镜，领着几个女人就出发了。

杨秀措走在队伍前面，背着一壶酒和一些炒面，方便路上吃。

更尕也背着一壶酒与华素年等人去另外的方向。

"祝你们好运，我们都是草原的孩子，草原会保佑你们的。"更尕对妻子杨秀措说。

杨秀措在更尕的额头上深深一吻："巴颜喀拉山也会护佑你们的，我们的英雄们。"

大家都在村口作别，各自走进茫茫大雪中，谁也不知道接下来会发生什么……

第四卷　振兴

第 27 章
家与家园的抉择

　　大家都用迫切的眼神看着蓝堇时,是她让各家各户都只留三天的草料,剩下的拿去喂野生动物。如果三天内救助粮草未到,家里的牲畜也要饿肚子,肯定会生病或者死亡。

　　如果出现大面积的动物死亡,牧民明年的收入恐怕是要锐减了。

　　蓝堇时在心里盘算着,说:"我们只有七十二个小时,所以咱们辛苦一点,小扎西比我们还要辛苦呢,他们往山里走,根本不知道前路是什么。"

　　"就是,我们家那个浑身都是伤,现在也在雪里蹚,我们这点困难不算什么。"杨秀措很认真地说,丈夫永远都是她的榜样。

　　她们简单休息了一下,又继续在黑暗中踩雪前行。

　　这一夜,注定是一个忙碌的夜晚。

　　老人们也是很担忧,都在凤英的小卖部围着火炉坐下,等着两支队伍的消息。

"只要我们能拯救那些小精灵,来年我们整个草原就会平安顺利的,那些精灵都是山神的孩子。"老龙满脸虔诚地念着嘛呢。

老龙太太看着外面飘起的小雪花,泪流满面:"老祁,你告诉我,我们家尕龙……是不是……在这样的天气里走的?"

"婶子,别想这些了,尕龙……走得很安详,不痛了啊。"祁主任不忍心再用一把无形的刀子撕开老龙夫妻俩心中的伤疤。

老龙却变得很坦然:"每一个从公路上回家的孩子,都是我们尕龙……等路通了,我还是要去那条公路上撒盐点灯,告诉每一个行路的人注意安全,家里的父母还在等着。"

蓝堇时一行人终于到达县上,跟县里的领导反映了江源村出现的问题,同时也汇报了很多高原上的村庄都有动物被冻死的情况。

等她们带着一部分粮草往江源村赶的时候,已经过去了四十八小时。这一段时间里,大家都没有睡觉,不断地打电话请求支援。

县里的领导也是如此,每个人都尽自己最大的力量去调配物资,县城没有的,他们往州上打电话;州上没有了,就给省上打电话。邻近各省得到消息也都纷纷伸出援手。

杨秀措她们一直跟着蓝堇时到处跑,联络进村子的车辆,安置刚送到的粮草,又害怕路上积雪太厚,路不通,还找了好几个志愿者一起去。

车子摇摇晃晃地出发了,司机更是打起了十二分的精神往雪路上开,为了防止打滑,还给轮子装上了防滑链。

大家终于能喘口气了，相互靠在车子的后座上睡得一塌糊涂，还发出轻轻的鼾声。

司机和志愿者们看了看她们，不由得笑了起来。

"高原上的女人们都辛苦啊，特别是在村子里当干部，更是劳累。我们的小蓝书记真是了不起，不仅要管人，还要管野生动物。我在网上看见了求助的文章和照片，牛羊可真是可怜，还有那些野生动物，我想也不想就来了。"志愿者小赵说道。

"我和堇时是同学，我在古城有一家公司。正好她给我打了电话，我就赶紧开上卡车拉着粮食和草料来到了县里。那丫头从小就很拼，读书的时候我们大家都比较怕她。"志愿者李总也发出了赞叹。

另外一个男生年纪比较小："珍珍是我的未婚妻，我正好在县上打工。她说她的家乡出事情了，那她的家乡也是我的家乡呗，我也就来了。我没有钱，彩礼也拿不出来，可是我有力气，我愿意干活，各位大哥到了他们江源村帮我美言几句。"

大家伙在车上聊得不亦乐乎，蓝堇时的手机还在拼命地响。

一阵急刹车，司机看着车上的众人，满脸愁容："各位，真是不好意思，我只能开到这里了。车子太大了，这条路平时开都麻烦，更不要说大雪天了。路太滑，积雪也太厚了。"

"堇时，堇时，你看看现在怎么办？"李总喊着蓝堇时。

蓝堇时下车，一阵寒风袭来，冻得她牙齿直打架，今天的天气比前几天还要冷。

华素年的队伍到了一个草原的保护站，更尕飞一般地冲进去，大声地喊着："才仁你在吗？"

大家都疯狂地在帐篷周围找人，大声地喊，却始终没有听到声响。

更尕擦了擦脸上的泪水和雪水，站起身来："走吧，我知道这附近哪里有比较多的野牦牛和藏原羚，咱们悄悄过去，将草料放下。如果动作比较大，那些动物以为我们是来袭击的，说不定会偷袭我们，这样就得不偿失了。"

华素年拍拍更尕的背："兄弟，别担心，这里还有才仁大哥生活过的痕迹，肯定是没有问题的。我们一边走一边找找，说不准就看见他了。"

"但愿吧。"更尕还在埋怨自己，当时他们说好了，大家都到各自的村子里搬救兵，才仁懂得一些医术，救治动物时能起到很大的作用，所以是他留下。

大家将草料放在动物出没最多的地方之后，迅速离开，回到才仁的帐子里休息。这个夜晚，他们十几个人挤在一个狭小的帐子里睡觉。

多吉的肚子不争气地叫起来。

华素年从口袋里取出一些炒面，拿起锅子在外面盛了一锅雪架在炉子上，将茯茶放进锅里煮了一锅热腾腾的茶。

他又把身上带着的肉干拿出来给大家都分了，虽然不管饱，倒也能解解馋。

当他们吃完迷迷糊糊要睡着的时候，却听见外面发出了窸窸窣窣的声音。更尕是习惯在山里活动的人，非常警觉，赶紧将所有人都叫醒。

大家都被吓得一激灵，顿时就精神了。外面的声音的确是不同寻常，如果遇到狼群的话，他们这些人就凶多吉少了。

华素年问道："怎么了？能看得见吗？"

"看不见，不要作声，各自把家伙拿上，千万不要害怕。这个时候咱们就是比气势，就算是遇到了豺狼虎豹，我们都不许害怕。"更尕咬牙说道。

"扎西大哥，我们该怎么办？是不是回不去了啊？我家里……"多吉害怕极了，浑身都在发抖。

华素年狠狠地瞪了他一眼："闭嘴，我们怎么做你就怎么做。现在就算害怕也没有办法，该来的总会来的，我们这群人谁也躲不过，不如拼死一搏，说不定我们还能有个活路。"

"就是，扎西说得对，动物跟人不一样。我们现在就算是祈求也没有用，不如拼死一搏，它们就是饿了，我们先把肉甩出去，再趁机跑掉。"另外的人也说道。

更尕低声道："怕什么？有我在，你们慌什么？一切都有我呢，我不会让你们死在这里的。"

轰隆一声，帐子被人掀开了。

大家屏气凝神，心都提到了嗓子眼，盯着帐门的方向。

"该死的，谁来了我的帐子，也不提前跟我说一声，脑子不好使吗？"进来的人看见自己的家里乱成一团，黑乎乎的又没有看见人，忍不住骂道。

更尕听见了熟悉的声音，在黑暗中露出了洁白的牙齿，高声喊道："天啊，我的好兄弟，真的是你吗？是你回来了吗？"

对方不说话，倒是将好几只藏獒放进来了，那些藏獒只用了眨眼的工夫，就将一群人全部扑倒在地。

此时，才仁不慌不忙地从帐子的角落走进来，慢慢悠悠地点燃帐子里的酥油灯。

酥油灯的光将整个帐子都照得清清楚楚。大家这才看清了才仁的真实模样，这是一个四十岁上下的中年男子，头发已经一缕一缕地结成一团，很显然已经很长时间没有洗头发了，胡茬满脸都是，身上的衣服到处都是油腻腻的，也不知道在这个山里待了多长时间。

才仁缓缓地抬起眼睛，一个四十多岁的男人，眼神还跟清泉一样清澈，这让人非常意外。

更尕立马笑了起来："才仁，总算是看见你了，我的好兄弟。今天下午到的时候，没有找到你，我们都伤心地哭了，以为你成了狼和雪豹的食物，你没事真是太好了。"

才仁给了更尕一个大大的拥抱，然后点点头。

第 28 章

开　　路

更尕欢天喜地地说着一些外面的见闻："我回去的时候去看望了一下你家里的妻子还有孩子，他们都很好，你尽管放心吧。"

才仁一点也不客气地倒了杯热茶给自己，一连喝了三杯。

"嗯。"才仁把茶喝完，不紧不慢地答应着。

更尕又继续说道："你最小的儿子已经会说话了，大家都喜欢他。等开春了，我们都到县上住，给娃娃们送进学校去，看看外面的世界。"

华素年他们被几只藏獒卡得死死的，根本不敢动弹，更尕却说个没完没了，真是让人着急。

才仁呼唤一声，藏獒们才把大家都放开，乖乖地坐在帐子的角落里。

更尕将地上的人都扶起来，认真地介绍："扎西，这个就是我说的才仁，是这一片的管护员，所有的事情都是归他管。他是个善良的人，刚才我还以为这个人死掉了，害我哭了很久，没有想到还好好的，我心里也是非常高兴的嘛。"

华素年伸出手："才仁大哥，最近辛苦了，现在怎么样？"

"不好。"才仁惜字如金，脸上没有任何表情。

更尕咳嗽了两声，立马跟大家解释道："你们千万不要多心，他一向就是这样。他的父亲也是生态管护员，他从小就在山里长大，一个人习惯了，也就跟他的妻子能多说两句话。"

才仁只是点头，没有太多的话，更尕连忙说："大家这几天都比较辛苦，路不通，马儿也怕冷，牦牛们更是这样。我们只能靠人搬运，将草料送进来放在了平时野生动物出没比较多的地方。"

"太少。"才仁道。

华素年说道："董时书记已经出去筹集草料了，应该明天就能送到村子里。但是我们需要更多的人搬进来，需要很多时间和人。"

"可以。"才仁听见有草料，两眼放光。

这个夜晚，整个帐子的人都呼呼大睡，呼噜声此起彼伏。也许是因为有藏獒在，他们睡得都比较踏实。

蓝董时他们还在公路上铲雪清路，一个晚上都没有睡觉。饿了，就吃一块馍馍顶着，实在困得不行了，就到车子上眯一会儿。大家就这样相互交换轮流休息，车子也在慢慢地往前挪。

"蓝书记，这样下去不行啊！熬了一个夜晚，现在又傍晚了，才走了一半的路。这样下去，咱们迟早会累死。"李总看着这天地之间白茫茫的一片，无奈地说。

蓝董时深吸一口气，重新拿起铲子："累的人休息，不累的人继续往前走，我就不信了，这事儿还能把我们难倒了？咱们就这样往前走。"

杨秀措一边铲雪一边说："丫头，我就知道你肯定不会放弃的，小扎西还等着你呢，可千万不能放弃。"

"行了，两个女同志都这么说了，咱们也往前走吧。办法都是人想出来的，路也是人走出来的，从我决定当志愿者的时候我就想明白了，总不能是来这儿度假的吧。"李总和小赵也重新拿起铲子，继续往前铲雪。

在山的阴面，积雪比较厚，铲雪比较麻烦。在山的阳面，车子倒是可以直接慢慢走，省下了不少工夫。

在他们快要绝望的时候，看见一群人在山脚下。

凤英的声音传了过来："丫头，是不是你们回来了？我是凤英啊，你们怎么样？"

"凤英，是凤英，董时，快点看看，是凤英啊！"杨秀措惊呼，一下子又来了精神，朝山下公路上的凤英招招手。

蓝董时看着山下，大声地喊道："凤英，你们怎么来了？村子里怎么样？华素年他们怎么样？你们有没有在一起？"

凤英指着前面的路："大家都好着呢，老龙说……咳咳咳……"她激动得一下子被自己的口水呛住。

蓝董时自然知道凤英是什么意思的，老龙肯定知道现在雪天路难行，于是叫上村子里的人，一起过来帮忙铲雪了。

凤英挥挥手，让他们慢慢来，别累着，自己也跟着那边队伍往前走了。

李总在一边说道："董时，看来你在这个村子里混得不错啊，大家都这么认可你。这样下雪的天气，村子里的男女老少都不在家猫着了，

纷纷出来给你开路,真是激动人心。"

众人拾柴火焰高,两边一起为粮草车开路,进度也越来越快。

回到江源村,大家让赶路回来的人去休息。蓝堇时疲惫地盖上被子,闭上眼睛,听着火炉发出的声音,只觉得心里暖暖的,身上也暖暖的,不一会儿就响起了鼾声。

翁姆的小桌子上有一个小本子和一支铅笔,她正在努力地学写自己的名字,这是凤英给她留的作业。

最小的卓玛从外面玩回来,脸上还带着泥巴与雪,鼻涕掉得长长的,一进门就往翁姆的怀里钻:"阿妈,我困了,我实在瞌睡得很。"

"来,丫头,上来,我给看看,阿妈抱着我丫头睡觉了。"翁姆帮最小的卓玛收拾干净,然后将她抱上床。

最小的卓玛问道:"阿妈,你在做什么啊?"

"阿妈在学写字,我们家丫头长大了也要上学,也要学写字,做一个跟堇时姐姐和宝莲姐姐一样的人,那阿妈就开心了。"翁姆带着笑意,搂着怀中的小姑娘轻声说道。

卓玛在翁姆的怀里,咯咯地笑出声音:"我以后也学两位姐姐,去帮助大家,让大家都知道我是翁姆家的丫头,让大家都喜欢你。"

翁姆愈发高兴,自己的孩子有志气,这是好事。看来蓝堇时的到来影响了村子里不少孩子,特别是女孩子。

清晨,外面的天气逐渐晴朗起来,蓝堇时带着宝莲他们去找华素年的队伍,打算一起往最远处的投放点给野生动物送草料,尽量避免白唇鹿、藏原羚、野牦牛、棕熊等动物被饿死或者冻死。

阿金驮着草料将他们送进山口,村子里的老年人也跟着队伍到了山口。

老龙吸吸鼻子,这段时间越来越冷了,如果不是蓝堇时帮他们从外面拉来煤炭,恐怕大家就要冻着了,家里的牛粪根本不够烧的。

"丫头啊,你去了之后保护好自己,我们都等你回来。你回来了,我让你婶子给你做包子吃,好好的啊。"

蓝堇时看着老龙和老龙太太,对他们也是十分不放心。两位老人年纪大了,又因为尕龙的事情一蹶不振了一段时间,现在好不容易好了一些,她还是很担忧。

老龙的怀中抱着小小的藏原羚,一段时间下来,这只瘦弱的小动物已经变得肉乎乎的,亲昵地在老龙的怀里咩咩叫,然后沉沉地睡去。

凤英把人送到山口,站在山路的石头上看着他们远行的方向,忍不住骂道:"村里那么多强壮的小伙子,非要几个女娃娃也跟着去。你们就不会主动一点去送草料,说到底这是我们的草原,帮一下忙能把你们怎么样?"

宝珠阿妈跟着说道:"还是我们宝珠好,平时你们都那么说他,关键时刻还不是我们宝珠上了,以后但凡有点什么扶持资助的,可不敢忘记我家宝珠。"

大伙都不作声,纷纷往家里的方向走,多吉看着时间也还早,又带领一队人往附近的投放点送草料,大家都比较主动地找事情做,避免成为凤英嘴里的那类人,以后在江源村都抬不起头来。

凤英回到家里,翁姆正在屋子里抱着娃娃做饭。

"翁姆,你别动,好好坐月子,你想吃什么跟我说,我给你做,丫头特意嘱咐了,让我一定好好照顾你,你可不能下来干活。"凤英热情地招呼着，把翁姆扶到一旁坐下，满脸慈祥地看着她。

翁姆坐下之后，反而觉得局促不安，不知道做点啥才能让自己的心里好受一些。这段时间凤英对自己的照顾真是无微不至，晚上有凤英照顾着刚出生的孩子，她才能睡好觉，恢复得特别快。

"凤英，谢谢你，等我好了以后，我一定会好好报答你，我这条命是你捡回来的。"翁姆双眼中带着无限的感激。

凤英的手一挥，潇洒地回答："这有什么？江源村的每个孩子都是我的孩子，我把你们都当成亲人一样看待的。不说这些，你好好休养，等你恢复了之后，我们想想办法，让你有个好营生，那么多孩子都等着你呢。"

翁姆悬着的一颗心慢慢放下来："凤英，你说等我坐完月子之后，我做点什么？既能照顾家还能挣点钱，不给堇时丫头拖后腿，我一定要脱贫呢。"

"我和丫头都商量过了，你的刺绣好，能做各种各样的手工艺品，做好放在宝莲的网店卖。再给你找一份稳定的工作，在中药材基地或者合作社工作都可以，这几项收入加起来，足够你和娃娃们生活了。"凤英把蓝堇时的本子拿出来，民情地图上每一家都安排得妥妥帖帖。

第29章
迷　　路

　　看着外面纷纷扬扬的大雪,凤英忍不住又担心起来:"这么大的雪,也不知道丫头们在外面怎么样。那条路不通车,草料只能靠人背进去。一个冬天都成了这样,来年一定要修一条路进去。"

　　每到这样的天气,只要蓝堇时还在外面,凤英在家里就坐不住,总是想为蓝堇时做点什么:在黑暗中点一盏灯,到村口去张望等候,或是在家里煮一锅热腾腾的羊肉汤,包上饺子等她。

　　祁主任气喘吁吁地跑来,脸上的眉毛都已经冻成了冰碴,穿上了两件羊皮大衣,身上还是一个劲儿地哆嗦。

　　凤英拉住祁主任:"小祁,我也要找你,这个天气预报真是一点也不准,不是说这些天没有雪的嘛,我这才敢让他们进山的。现在怎么这么大的风雪,这可怎么办啊?走走走,先去我那里想想办法,突然下这么大的雪,唉……可千万不敢出事啊。"

在回去的路上，又看见了祁老大两口子。

宝珠的妈妈已经泣不成声，她向来就心疼宝贝儿子，要是出了意外，她都没有办法活下去。

凤英进门给每人倒了一碗奶茶，说道："遇到困难就想办法解决，哭有什么用？别哭了。"

宝珠阿妈立马停止了哭泣，泪眼婆娑地看着大家："那……现在怎么办？我们去把孩子们追回来，不要送什么草料了。那些动物的生死跟我们有什么关系？人活着都那么艰难，我们家宝珠想要开一个藏家乐，现在都没有办法实现，还去管那些动物做什么？"

"草料还是要送的。动物们要是没有吃的都死掉了，草原也就完了，将来受苦受累的还是我们这些牧民。我去动员大家，一定不能让丫头和小伙子们被困住了。如果他们被困在山里，这么大的雪可怎么办？"祁主任从炕上下来，披上一件大衣就往外面走。

凤英也穿上一件衣服："我去合作社那边看看。"

宝珠阿妈看了一眼自家男人："你也跟着一起去，万一我宝珠有个意外，你也不要回来了。"

村里的人都乱成一团。祁主任和凤英挨家挨户地叫人。最后，整个村子，隔壁村子，都被祁主任和凤英动员起来，背着草料成群结队地往山里走。

蓝堇时他们万万没有想到，刚和华素年的队伍汇合，就遇到了暴风雪。这一场风雪汹涌而至，他们一行人觉得连呼吸都困难起来。

宝珠早就喊着要回去，现在更是不愿意再继续前行，坐在避风的地方啃了几口冻得生硬的包子。

宝莲接过包子吃了一口，也有点退缩："不行的话往回走吧，这样下去不行啊。"

大家都看着蓝堇时，希望能从她嘴里得到确切的答案。

蓝堇时啃着包子，根本咽不下去，一个劲儿地干呕，在这样的天气里，安全是第一要考虑的，她不能让大家太冒险。

一旁的更尕却与她有分歧。在他看来，国家赋予他的使命就是保护动物们。如果动物死亡，就是他的工作没有做好，哪怕是情有可原，他的内心也是无法安宁的。

"那你们先回去吧，我肯定是要把草料送到投放点的。你们快快地回去吧，把草料放在这里，我自己送。"更尕将冷硬的包子咽下去，背起草料继续往前走。

宝莲看着蓝堇时和华素年，她一向是最听他们俩的话，只要他们说往前走，她就会毫不迟疑地跟着。

宝珠拉着妹妹："走吧，我们往回走吧。如果遇到了豺狼虎豹之类的，我们连骨头渣子都不会剩下，我们还是快快回去吧。"

"对，宝莲，你跟你哥先回去。"蓝堇时又对一旁的几个年轻的大学生志愿者说，"你们跟着宝珠大哥一起回去，别往前走了，接下来的路太危险了，要是真的出了问题，我怎么跟你们的父母交代？"

安全起见，宝珠带着几个大学生往回走。宝莲不愿回去，跟着蓝堇时往山里面走。前几天刚刚走出来的路，现在又变得坑坑洼洼。雪又有一尺多厚了，一直没到膝盖，山路崎岖不好走，他们的速度慢了下来。

更尕回过头，看见他们跟在后面，脸上露出幸福的笑容："你们来了，动物们高兴,我也高兴,你们都是善良的人,上天会保佑善良的人。"

蓝堇时和宝莲手拉手走在后面,华素年走在前面,不时地照顾一下她们两个。

路越来越难走了,在风雪中,他们渐渐辨不清方向,只能凭着感觉往前走。

"更尕大哥,我怎么觉得咱们走错路了,好像不是这条路,我记得咱们会路过一个很大的石头。"华素年率先说道。

蓝堇时也隐隐约约觉得不对劲儿:"是啊,我记得差不多要经过一条河,然后还要在冰上走呢。"

更尕默不作声,宝莲低声道:"咱们迷路了吗?今天晚上找不到保护站,我们岂不是要在外面风餐露宿,这可怎么办?"

蓝堇时看着四周,除了雪还是雪,除了吹不尽的狂风,还是吹不尽的狂风。她有点绝望,大约走了一个多小时,也没有看见他们做的记号和标志性的山峦。她还非常担心那些年轻人,在伸手不见五指的风雪中,宝珠能把人带出去吗?那些志愿者都是年轻的大学生啊。

风雪越来越大,他们的交流完全是靠吼,有时候还听不清对方说的是什么,背上的草料也越来越重,根本无法前行。

更尕无奈地靠在雪堆上:"等等再走吧,再这样走下去,可能会进入无人区。"

华素年提醒道:"你们赶紧把手机拿出来,上面有指南针,咱们朝着一个方向走,总能走出去的。"

"手机没有电。很久没有出太阳了,我们家的太阳能没有电,供电公司的电路也因为大雪停电了。"宝莲拿出手机,一脸绝望。

以前她总是认为，跟着蓝堇时和华素年，不管遇到多大困难，都一定会想到办法克服的。可是现在的天气问题，他们也无能为力。

"当务之急还是先找到保护站，至少今天晚上能有个地方躲避风雪。"更尕背起重重的草料，再次出发。

他们啃了几口干方便面之后，开始重新寻找出去的路。华素年将一瓶矿泉水放在怀里暖热了，冰块渐渐化成了水，递给蓝堇时："喝两口水，待会儿我们还有很长的路要走，也不知道今天能不能走出去，一定要保存体力。"

"我还带了酒，本来想着鼓舞一下士气的，现在也用不着了，估计也冻成冰块了。你拿去给更尕大哥，你们暖暖身子，背了那么重的草料，一路上真是辛苦了。"蓝堇时把酒壶拿出来递给华素年。

华素年挖了一些冰块递给更尕："大哥，尝尝吧，咱们以前可都没有这样吃过酒冰的，多有味道。"

"跟你们在一起可真是开心啊，都这样的环境了，还能说笑话。行吧，只要你们不觉得有什么问题，咱们就往前走，总会找到回去的路。"更尕将冰块嚼得嘎嘎响，一边大喊着发泄心中的苦闷，"啊呵……真是好酒啊，凤英的酒就是不一样。大家都说凤英家里的酒是整个江源村草原最好的，我一直都不相信，现在总算是尝到了。"

蓝堇时已经走不动了，没走两步就已经气喘吁吁，上气不接下气，心里有点恼火，也冲着天大喊："啊，啊！"

"等我们走出去，你们一定要到我的家里来，我媳妇做饭好吃，我们几个好好地喝酒。"更尕豪爽地说。

第 30 章

小 雪 豹

草原的夜晚来得特别早,更尕与华素年分头去寻路,蓝堇时和宝莲在原地休息,两个人躲在雪堆下避风取暖。

突然,宝莲一脸恐惧地看着蓝堇时:"姐姐,你有没有听见什么声音?怎么那么奇怪啊。"

"什么声音,除了风声就没有别的声音了啊。"蓝堇时竖起耳朵,认真聆听周围的声音。

一阵寂静之中,她真的听见了微弱的声音,那声音好像是从脚底的山崖下传来的,很低很低,仿佛是动物在叫,又好像是风刮过产生的声音。

蓝堇时警惕地叫起来:"到底是谁在那里?"

还是很微弱的声音,断断续续似有似无。

在这样的地方,荒无人烟,四处都是雪山,不管是看见人还是别的东西,都是令人害怕的事。

蓝堇时紧紧握住宝莲的手:"别怕。"

宝莲的毛孔全部张开,泪水和汗水在脸上混合在一起。

蓝堇时往悬崖的下面看,可是天太黑了,根本看不清楚下面到底是什么。

仿佛知道有人在上面一样,悬崖下的声音越来越清晰。蓝堇时实在是按捺不住内心的好奇,决定去悬崖下面看看。

那是一个很险的地方,稍不留神就会失足落入崖底。

蓝堇时让宝莲留在上面接应,她独自一个人踩着厚厚的雪往崖下走去。

天气越来越不好,宝莲躲在避风的角落里哆嗦,已经没有能喝的水,身上也只有一些方便面,只能干啃,她忍不住缩了缩身体。

"堇时姐姐,你看见了吗?你看见悬崖下面是什么了吗?"只过了一分钟,宝莲已经害怕得在上面高声大喊,一来是想知道蓝堇时的状况,二来也是给自己壮壮胆。

宝莲此时此刻才知道当生态管护员有多么不容易,要忍受极大的寂寞,还要在死亡线中寻找生机,一般人真的没有办法在这样的环境中工作。

蓝堇时完全听不见宝莲的呼喊,她耳边只有呼啸而过的风声以及微弱的呜咽声。她慢慢地爬到悬崖边,探头一看,发现一只小雪豹趴在悬崖间一块凸起的石头上。小小的雪豹看起来是那么无助,很显然是出来找吃的掉队了,不小心跌落悬崖。

蓝堇时趴在雪地上,伸出手想要够那只小雪豹,小雪豹看见有人来了,仿佛看见了救星,拼尽全力地叫着。

"听话,到我这里来。"蓝堇时对那只小雪豹喊道,她已经管不了那

么多了,现在一心一意想要救这只可怜的动物。

尽管蓝堇时大半个身子已经探出来,可是依旧够不着可怜的小雪豹。

小雪豹似乎已经明白,就算是好心的人来了,也救不了自己。它痛苦地闭上双眼,看了看下面的万丈深渊,身体抖动得更加厉害了。它往上看了一眼蓝堇时,凄惨地哀叹了一声:"呜……"仿佛是在跟这个世界告别。

蓝堇时着急地看看四周,除了雪还是雪,根本没有一样东西能救小雪豹。

第31章

遇　险

四周一片死寂，只能听见雪落下的声音。

宝莲打开手电筒不时地闪闪，告知远去的更尕和华素年她的具体方位。

华素年回来的时候天已经漆黑，看见宝莲一个人蜷缩在雪地里瑟瑟发抖，手电筒发出微弱的光。

"蓝堇时呢，这样的鬼天气，不是告诉你们不要乱跑吗？更尕大哥在哪里我们还不知道，现在又不见一个人，真是不省心。"华素年抱怨着，抓起地上的雪就往嘴里塞。

宝莲指着悬崖下面："刚才我们听见有声音，不知道是怎么回事。堇时姐姐心里惦记就下去了，我在上面怎么喊也听不见她的回应，但是我又不敢乱走，怕你们来了看不见我们俩就更着急了……"

华素年安慰宝莲："你在这里等着更尕大哥，他可能马上就回来了，我们都在这里,他不会走太远。"

"你也要下去吗?我一个人在这里怎么办?"宝莲拉住华素年,没站稳,一个趔趄摔倒在雪地上。

华素年拍拍她的头:"别怕,这儿有吃的,有灯光,你等会儿点一盏酥油灯在角落里,等更尕大哥回来。"

宝莲眼睁睁地看着华素年往悬崖的下面走,她担忧地喊着,可是没有多久,她的声音就被风雪吞没了。

华素年从上面往下一步步地挪动,一直看不见蓝堇时,不由得心中焦灼,大喊道:"蓝堇时,你听见了吗?回答一声!"

回答他的只有无尽的风雪。

华素年越来越焦急,尽管脚下已经没有力气,可还是加快了脚步,一边大声地喊:"蓝堇时……蓝堇时……"

终于,他看见蓝堇时的一只鞋子在悬崖边上。华素年发疯一般冲过去:"蓝堇时,你在下面吗?听见回答一声……"

隐隐约约地传来了一个微弱的声音:"素年,是你吗?我在下面……这儿有一只小雪豹……"

华素年定睛一看,发现蓝堇时挂在树上,脚下只踩着几块摇摇欲坠的石头,情形非常危险。

如果那棵从岩石里长出来的树不堪重负折断了,或者脚下的石头掉落了,蓝堇时和她怀中的小雪豹就会坠下悬崖。

那只小雪豹正在拼命地舔舐蓝堇时手上的伤口,那是她救它时受的伤,它平时就是这么治疗伤口的,舔舐着舔舐着就好了。现在,它也用同样的方式帮蓝堇时处理伤口。在它的心中,也许知道这个人就是它的救命恩人。

蓝堇时抚摸着小雪豹，它已经不像刚被发现的时候那般害怕。

华素年低头看着他们，在这样危急的时刻，眼前的这一幕竟让他心生暖意。

"堇时，你等着我，伸手给我，我把你们拉上来。"华素年喊道，唯恐她听不见。

蓝堇时的声音很吃力，她已经保持这个姿势很久了："不行，我现在不能把手给你，我怕我稍微一使劲儿，脚下的石头就坠落了。我能感觉到，每当有风吹过的时候，我的两只脚都在摇晃。"

小雪豹似乎也感觉到蓝堇时的紧张情绪，又开始呜咽。

华素年目测了一下距离，然后用嘴叼着手电筒，双手攀着悬崖上沿，脚踩着峭壁上的凹凸处，慢慢爬下来。刚站到石头上，他顺势将蓝堇时拉到身边。蓝堇时刚过来，她踩过的那几块石头便哗哗坠落，跌入谷底。

寒风阵阵吹来，树在摇曳，石头仿佛也在晃动……

蓝堇时靠在华素年的身上，小雪豹靠在蓝堇时的身上，他们互相取暖。

蓝堇时的声音逐渐变得冷静："素年，咱们不能困在这里。我跟你说，我能看见下面还有石头，我慢慢挪过去……你抱住这只小可怜，如果……"

"没有如果，我不同意，你知道下面那块石头稳不稳吗？老实在这儿待着，等更尕大哥回来，我们肯定会有办法的。"华素年往后挪了挪，尽量让自己靠在身后的岩石上。

蓝堇时把怀里的小雪豹用衣服遮盖得好好的，听着蓝堇时逐渐稳定的心跳，这只小动物竟然睡着了。

蓝堇时昏昏欲睡，一天的劳累与饥饿，早已经让她筋疲力尽，此时的安稳，让她暂时忘记身处险境。

"素年，我困了，我想睡一会儿。"蓝堇时突然开口说道。

华素年从背脊生出一阵冷汗："不行，丫头，睡着了就醒不过来了，我们说说话，聊聊天。"

蓝堇时有点无奈："说什么啊，也不知道宝莲在上面怎么样了……"

华素年也喊道："你还记得吗？小时候，我们进山里，被困在一户牧民家，连吃的都没有，差点饿死。那时候你就发誓要好好学习，将来一定不再让大雪封山牧民断粮的事情发生，你做到了……"

"是啊，这些年每每想到那个时刻，我的心里都是苦涩的。凤英为了给我们省下一口吃的，她自己饿了两天。你不也说嘛，要带着牧民发家致富，要让更多的孩子走出大山，走到外面去，你也做到了。"蓝堇时的心中很是宽慰。

他们一起长大，手拉手走进学校，手拉手走出草原，却在毕业的时候分道扬镳，最后又在这里再次相遇，也许这就是奇妙的缘分。

"我们之前遇到那么多困难，受过那么多苦，全部都熬过来了，现在也能熬过去的，对吧？"华素年给蓝堇时加油打气。

蓝堇时抬起头来，仰望着华素年的脸，心中五味杂陈。

华素年怕她睡着，又继续说："还记得你为什么叫小雪豹吗？"

"记得，我特别小的时候，阿妈救了一只雪豹，雪豹刚刚生完宝宝，误以为我是它的孩子……"蓝堇时努力地回忆。

在雪夜中，华素年的脸庞显得棱角分明，带着一点康巴汉子的野性，还有多年书香浸润的文雅，蓝堇时伸出冰冷的手，在他的脸上轻轻划过。

华素年没有躲开，他握住蓝堇时的手低声说道："堇时，这里已经承受不了我们的重量了，有些话我要跟你说，听我说完……"

话还没有说出口，蓝堇时已经泪流满面，把小雪豹放在华素年的怀里。

"如果有生的机会，我宁愿是你。"华素年把小雪豹推回蓝堇时的怀中。

从这里掉下去，即便不是粉身碎骨，也会摔得不省人事，留在上面等待更尔救援，兴许还有一线生机。

蓝堇时的心中一颤，哽咽得说不出话。华素年慢慢地挪动自己的位置，把蓝堇时移到石头这一侧，他则把身体的重心全部放在那棵摇摇欲坠的树上。

蓝堇时大哭道："素年，之前因为种种原因我们没有在一起，现在……我们可以一起生还的……"

"我知道，我和你之间的感情与默契超越生死。丫头，好好照顾凤英，好好照顾自己。"华素年看着蓝堇时，慢慢说出这些话。

"素年，如果，我是说如果……"蓝堇时还想再说什么。

华素年的嘴角露出一丝丝的笑容："堇时，好好活着，去帮助更多需要帮助的人。守护好我们的草原……"

树枝终于承受不住重量，在风雪无情的呼啸中，华素年消失在蓝堇时的视线里。

蓝堇时歇斯底里地大喊，怀中的小雪豹也在呜咽。

宝莲也在上面喊着。风雪的声音仿佛是要跟她们比赛似的,她们的声音越大,风雪的声音也越大。

蓝堇时如同做梦一般,始终不敢相信这一切都是真的,只能无声地落泪。怀里的小雪豹舔舐着她的泪水,发出悲伤的哀嚎。

难道真的就此永别了吗?还没来得及好好说再见啊。

第 32 章

初　　心

　　渐渐地，蓝堇时失去了知觉，陷入了一片模糊之中，寒冷渐渐地离她远去，她做了一个很长很长的梦。

　　她回到了小时候，回到了多年前的江源村。爸爸妈妈还在，她还是那个无忧无虑的孩子，天亮的时候，跟着牧民一起放牧，在山上尽情地玩耍；黄昏时分，坐在村子里凤英的小卖部等着爸爸妈妈从可可西里回来。她跟华素年手牵着手走出草原，走向幸福和美满……

　　蓝堇时在梦中露出甜甜的笑容，这是她这辈子做的最美好的梦，她不愿意醒来。

　　"丫头，堇时……小雪豹……梅朵……"

　　"彩虹，小卓玛……"

　　"乖乖……乖乖……"

　　凤英的声音，爸爸妈妈的声音，华素年的声音，老龙的声音……

陌生人的声音，他们都在迫切地呼唤。

一声巨响，爸爸妈妈的车坠下山崖……

蓝堇时猛然间醒来，大声地喊道："爸爸……妈妈……"

眼前出现的是全村老幼的面庞，他们都用殷切的目光看着她。

"醒了，总算是醒来了，谢天谢地，感谢感谢……"凤英双手合十，将这世间感恩的词都说了一遍。

老龙露出了放心的笑容："丫头大难不死必有后福，小雪豹是个有福气的孩子，不会有事的。"

老龙太太端来一杯热腾腾的奶茶："丫头啊，你总算是醒来了，我们都不知道该怎么办。现在大雪封路，又没有车子出去嘛，医院也没有，好一点的医生也没有，完全是听天由命的嘛。幸好，老天爷知道我们需要你，没有把你带走。"

蓝堇时只觉得大脑嗡嗡作响，一时之间分不清哪里是现实，哪里是虚幻，她还沉浸在刚才那个长长的梦中。

她下意识地四处寻找，在睡着之前，她清晰地记得华素年已经……豆大的泪珠从眼里落下。

凤英心疼地将她拥入怀中："怎么了，我的孩子，你怎么哭了？我瞧瞧……是不是吓坏了……"

蓝堇时想要开口询问，却看看怀中什么也没有，着急起来，四处寻找。

凤英是最懂她的，连忙解释："那只小雪豹受伤了，幸好一直在你怀里，你们俩互相取暖，你没有停止心跳，它也好好地活着。现在它正在救助站呢，更尕会给它处理伤口，放心吧。"

蓝堇时终究忍不住提及那个问题:"华素年呢……他……在哪里?"

一旁的宝莲被冻伤了,脸上都是红色皲裂的皮肤,眼泪流下,正好落在伤口处,疼得直咧嘴。

大家听见华素年的名字,不忍地落下眼泪,祁主任哀叹了一声,躲在一旁抽烟,不愿意回答。

在这一阵沉默中,蓝堇时已经知道了答案:"他没有跟我们一起回来对吗?"

"姐姐你放心,我们很多人都去找扎西大哥了,肯定会没事的。扎西大哥是好人,好人就该有好报。"小白坚定地说道,眼中带着泪,她也不愿意相信这个事实。

谁也不知道该怎么安慰蓝堇时,只能期待有奇迹出现,可是……这个世界上哪里有那么多奇迹呢?

蓝堇时看着外面的鹅毛大雪,一朵一朵地往下落,一片白茫茫之中,生命是那么渺小卑微。

凤英抱住蓝堇时的头:"丫头啊,听话啊,不要想那么多了。你和华素年的事情,这些志愿者都写成故事在网上宣传。你们保护野生动物、保护大自然的精神感动了很多人,你休息的这几天,不少人都自发地来给野生动物送草料。"

"真的?那……它们这个冬天是不是就不会饿着了,能熬得过去了?"蓝堇时沮丧的脸上终于露出了笑容。

第 33 章
直播带货

"凤英凤英,我听说宝莲的网店开不下去了,是不是真的?当时书记让我们支持宝莲,我们都费了很多时间做手工艺品,现在卖不出去,是不是就拿不到钱了?"一个女人带着桂兰来说道。

桂兰也支支吾吾:"凤英啊,不是我找事,我也知道书记不容易,但是当初是她跟我们说可以发展这些副业,然后她给我们找渠道,可不能现在就不管了。你也知道,开春了,孩子上学得要生活费呢。"

"我也理解你的难处,可是现在大家都有难处。丫头现在忙得都没有时间睡觉,小扎西不知道是死是活,连个尸骨也没有找到。丫头为了不让合作社的那些牧民失业,这段时间连小扎西那摊子也管上了,咱们这些事情能自己解决就自己解决吧。"凤英拉住桂兰。

桂兰为难地看着跟前的几个女人,当时是她拉了她们入伙,信誓旦旦地保证将来一定能挣到钱,可是现在……

几个女人面面相觑，本来她们就不敢来找蓝堇时，现在听见凤英这么说，更不敢吭了，只能默默地坐在凤英的小卖部。

桂兰低声说："唉……凤英，你好歹有这个小卖部，我们啥也没有。开学的时候，老大要去县城住校，伙食费……"

桂兰支支吾吾将自己的心酸与难处一一道出，两只眼睛也没了神采。

凤英咬咬嘴唇："再等等，再等等，过了年行不行？马上就要过年了，你等丫头忙完这段时间。"

宝莲急匆匆地进门："凤英，我堇时姐呢？我找她有事呢，我的网店现在……"

"宝莲，你可算来了，快点给婶子结点钱，你弟马上要上学了。"桂兰拉住宝莲不肯放手。

几个妇女把宝莲团团围住，宝莲欲哭无泪，不断地看着门外，希望蓝堇时能在这个时候回来给她解围。

可是蓝堇时实在太忙了，现在，中药材种植才是村子里的大事。那么多公司投资，大学和研究院的专家们一次次地来指导培植，只要中药材基地建起来，村子里一半的人就有了工作，大家基本的生活问题也就解决了。

天渐渐黑了，蓝堇时穿着军大衣，急匆匆地赶回来，一进门就被吓了一大跳："你们都在啊？宝莲，我还想着一会儿去找你，今天在合作社处理事情耽误了，真是不好意思啊。"

桂兰等人看见蓝堇时，赶紧拽住她的手："丫头，你总算是回来了，我们都等了你一天了，你看看我们积压的这些东西，宝莲丫头说都卖不动，这可怎么办呢？"

"我知道大家的困难,我在凤英这里住着,自然看得见那些积压的东西,我已经在想办法了,别急,别着急啊。"蓝堇时说着,将脖子上的围巾摘下来,她的脸通红,手也被冻伤了,冻疮像一个个难看的蝎子一样趴在手上。

凤英倒了一杯滚烫的奶茶,又从桌子上拿了一个馍馍:"快吃点喝点,一整天都在外面跑,身上都是寒气。老祁呢?不能让我们家丫头一个人在外面啊。"

"祁大大也在外面跑呢,他看见桂兰婶子在,没有进门,回去管孩子了。"蓝堇时都已经感觉不到滚烫,咕咚咕咚地把奶茶喝下去,又吃了两块馍馍垫肚子,这才觉得空空的胃被填饱了。

凤英进了厨房:"行了,我去给你下点面片,还有些羊肉,自从翁姆和孩子们搬回自己家房子以后,你这一日三餐就没有好好吃过,越来越瘦了。"

桂兰那些人怪不好意思的,都从炕上站起来,手脚都不知道放在什么地方。明明比蓝堇时大了一辈的年纪,现在看见这姑娘在跟前,竟然还紧张害怕起来了。

蓝堇时笑了,赶紧把她们招呼着坐下:"婶子们,快坐下,有什么困难咱们一个个地说,一个个地解决,别不好意思。我回来不就是给大家解决困难的吗?"

蓝堇时拿出纸和笔递给宝莲:"统计一下她们积压的货物,这几天的下午都有信号,我已经和网站都说好了,给咱们来个专场推销。"

宝莲的眼睛闪烁着光芒,心里愉快极了:"堇时姐,我就知道,你肯定会有办法的。"

蓝堇时咧嘴一笑，脸上的口子裂开了，干疼干疼的。

众人都看着蓝堇时："丫头，你说的是真的？"

蓝堇时自信地点头："那当然，咱们把小扎西合作社的牦牛肉干也推销一下，还有很多东西都可以在网上吆喝，原生态的产品网友都喜欢，你们都做好准备啊。"

宝莲有点害羞："姐，你说的是直播带货吗？我不敢……"

"你怕啥，你唱歌好听，一开口网友们肯定就迷上了。"一旁的女人来了精神，"我还可以给你伴舞呢。"

大家七嘴八舌，纷纷为直播出主意，小卖部里一阵欢声笑语。

凤英将自己珍藏的酒拿出来，满脸堆着笑容："以往小雪豹不在家的时候，我过年总是一个人，后来陪我过年的人越来越多。今年我包饺子，大家都来，咱们江源村的都是一家人，咱们一起喝酒，一起吃饺子，唱歌跳舞都要有啊。"

蓝堇时深表赞同："那太好了，过年的时候我们在一起热闹，通过网络直播让网友们看看我们牧区的新年是怎样的，一定很圈粉。"

经过一晚上的激烈讨论，大家决定由蓝堇时和宝莲当主播，村子里面有才艺的年轻人和孩子们都来协助，打造一个草原系列的直播内容，不仅能卖吃的、用的，还能宣传生态保护，这可是一举多得的美事啊。

在凤英的小卖部里，第一场直播开始了，宝莲对着手机的摄像头久久说不出话来，看得蓝堇时非常着急。

蓝堇时自己也是不擅长在摄像头前说话的人，没说两句话就没词儿了。

正当她们非常难为情的时候，宝珠进来了，他换了一身崭新的袍子，神采飞扬地说:"各位山那边的朋友,你们好吗?我叫宝珠,你们可以叫我阿宝,也可以叫我阿珠,这个是我的妹妹,那个厉害了,是我们的领导……"宝珠妙语连珠,声情并茂地直播起来。

一场直播结束之后,大家开会总结:"直播不能只是坐着说话,根本没有人看,要有点草原特色的东西……"

第二天,直播间的人还是寥寥无几,桂兰更是不抱希望:"我看你们就是玩呢,嘴上没毛办事不牢,要是小扎西在就好了,他肯定能想出办法的。他擅长跟所有人打交道,他要是在的话,我们都放心。"

蓝堇时转身出了门,每次听到别人说华素年,她的心里就特别不是滋味。这么多天了,一点消息也没有,来来去去的人那么多,都没有找到一点关于他的讯息。

蓝堇时穿着一身红色的袍子,那是凤英特意为了她直播做的。她骑着马儿阿金,在雪地上驰骋,那红色的衣服,白色的雪,飒爽的英姿,是草原上一道亮眼的风景线。

宝珠赶紧将摄像头对着蓝堇时:"这个就是我们的干部,从大城市回来的,为了我们江源村可真是操碎了心啊。她不会开车,但是马术惊人,如果来年的格萨尔文化旅游节有比赛,我们的干部肯定是第一名,阿金也是第一名……"宝珠语速很快地讲着,进入直播间的人越来越多。

宝珠兴奋得热泪盈眶,继续告诉网友们,他是在海拔三千多米的地方为大家做直播。他说话幽默,带着浓浓的草原腔调和夸张的表情,绘声绘色地给网友们描述草原上的风土人情。趁着人气旺,大家纷纷献歌献舞,短短的时间,宝珠的直播间里进来了几万人。

我的草原
星光璀璨

直播一段时间之后，大家囤积的货物都销售出去了，有些货供不应求，还搞起了预售。

宝珠有些飘飘然，他万万没有想到，自己竟然在这里找到了人生的价值。他顺手拿了凤英包的饺子往嘴里塞："凤英，你觉得我是不是全村的希望？村子里那么多人，都靠我带货呢，我阿爸和我阿妈现在可骄傲了。"

凤英在宝珠的头上轻轻一敲："是，幸亏有你，我们这些人才没有因为大雪返贫，丫头不是一直都在夸奖你嘛。"

"对对对，宝莲，你以后可不能再叫我的名字，你以后要叫大哥，要不是我，你就亏大了。"宝珠很骄傲，美滋滋地坐到蓝堇时的身边。

"董时书记,我有一个小要求,希望你能答应我,我以后一定会好好地给我们村直播带货的。"宝珠难得这么一本正经地说道。

蓝董时正对着电脑,忙着将规划图发给钟教授,头也没抬地问:"你想说什么就说,你现在是我们村子里的功臣。"

"那个……我看上了隔壁村子的一个姑娘,人家刚刚回村也在做直播,我想着……咱们村子里的大龄青年太多了,你可不可以和周边的几个村子联络一下,安排一次相亲大会……"宝珠说到自己的事情时,脸上竟然出现了害羞的神色。

凤英也在一旁帮腔:"我看这件事情可行,丫头,你就给村子里的小伙子和小姑娘们安排一下,春天来了,桃花也开了,正是年轻人恋爱的好时候。"

"要是我们家尕龙在,肯定能自己找着媳妇,根本不用麻烦书记的。"老龙没好气地说道,他一向觉得宝珠对着手机大声地喊,又笑又闹还时不时唱起来,是不务正业的表现。

宝珠撇撇嘴:"老龙叔,你懂什么啊?就算是尕龙大哥还在,书记组织的相亲活动他能不去参加吗?"

老龙喝了一口奶茶,嘀咕道:"本来就是乱七八糟,跟一群妖怪似的,也就我们家丫头脾气好,是我的话,早就把你们扔到山上喂狼了。"

蓝董时笑得合不拢嘴:"老龙叔,你们就安享晚年吧,年轻人的事就让年轻人去折腾。当初你不也是为了娶我婶婶,还特意去人家的草原上赛马,这才让婶子看上了你……"

"嘿嘿嘿,别胡说,小丫头哪里听来的话,去去去。"老龙害羞地看着身旁的妻子,嘴角带着笑意,紧紧地握住老伴的手。

第34章
万物复苏

凤英的小卖部里,宝珠的直播还在继续,妇女们做手工艺品比以前更用心了,都想让自己的产品更受欢迎。

在宝珠的直播间里,凤英和年轻人玩成一团:"春天剪下来的羊毛是做被褥的,秋天的羊毛是做毛毡的,只要生活在高原上,这些自然而然都会懂。丫头说了,现在是'互联网+'的时代,我们为什么不能把互联网和我们的草原加在一起呢?"大家纷纷为凤英点赞。

"对着这个手机就能把我们草原上的东西卖出去,把别人的钱挣回来,这到底是不是真的啊?丫头,他们说的话我不相信,我只信你。"老龙看着正在忙碌的蓝堇时,给她添了一杯奶茶。

蓝堇时把奶茶一饮而尽:"那是当然了,老龙叔喜欢转山,这也是一种文化,以后可以让大家都感受一下。"

老龙太太点点头:"我相信我们的丫头,尕龙若是还在,一定也会支持这种挣钱的方式……"

"好了好了,大过年的,不说这些了,咱们举杯。你们俩赶紧回家去,我这里的饺子不够了。"凤英的手打在宝莲和宝珠的身上,大家哄堂大笑,年轻人们都喜欢往这里凑,赶都赶不走。

蓝董时跟宝珠说:"五四青年节的时候,我们这几个村子会有活动。到时候就是年轻人的天下,你一定要好好参加,千万不能给我们村子丢脸啊。"

"放心吧,我保证完成任务。我已经想好了,等通过直播把我们的生态旅游带起来之后,我还是要做一个藏家乐,到时候……"宝珠把直播关了,与大家畅谈自己的理想。

春天来临的时候,冰雪还没有消融,风从呼啸怒号变成了温柔吟唱,钟教授带着学生与牧民开始种植中药材,很多牧民都领上了第一个月的工资。

凤英屋子里炖羊蝎子的汤还在沸腾,花椒与肉香混合的味道弥漫在江源村的村头。

钟教授等人来这儿将近一个月了,最喜欢看凤英踩着三轮摩托车飞驰和蓝董时策马奔腾的模样,那是江源村独有的风景。

钟教授的学生们一边吸氧一边喝羊肉汤。

"太好吃了,我觉得我下一秒就要缺氧而死,可是这一秒我还是得认真地吃两口东西。"戴着黑框眼镜的姑娘左手拿着氧气瓶,右手拿着碗,嘴上一层厚厚的油,隔一会儿又来一句:"凤英,再来一碗……"

"凤英,我们这么吃,不会把你吃穷吧?"钟教授和蔼地问,这一次来了一个月,他已经被晒得和当地人一个肤色了。

凤英的大手一挥,豪迈地说道:"这哪是吃我的,是我们家丫头请你们吃的。丫头说你们一个个都离家那么远,只有吃饱了才不想家。特别是这些年轻人,一定要吃饱,今天的羊肉管够啊。"

见凤英在厨房里忙忙碌碌,钟教授悄悄地问道:"凤英,蓝书记今天去哪里了?我们怎么没有看见她啊?"

"去山里了,小扎西失联了以后,她但凡有时间,就带着阿金去,看看能不能找到人。这样下去也不是办法啊,这可怜的孩子,我也不知道怎么劝。"凤英忧心忡忡。

钟教授又问:"是失联了还是人没了?有没有去寺院问问?"

"问过了,村子里的人都去寺院问了,他们说如果是被动物吃了还是怎么了,总该有点痕迹的。现在找不到一点痕迹,说不定人还在。"凤英甩了甩长辫子,一边给姑娘们发礼物,"这是我自己做的防晒油,味道香香的。原料还是小扎西从国外给我买回来的,你们看看。以后去中药材种植基地的时候好好地做做防晒,别跟我们家丫头似的,我之前给她安排了相亲……"

"什么,你给蓝书记安排相亲了吗?怎么样?怎么样?我看蓝书记工作起来很高冷的样子,到底怎么样?"小姑娘和小伙子们纷纷围过来问道。

凤英无可奈何地摇摇头:"能怎么样?蓝堇时一见面就问问题,把人都吓跑了。"

一旁的小白正在写作业,摇头晃脑地说:"多大年纪了?每个月能挣多少钱?既然能挣钱为什么不帮助家乡的人?"

凤英点头继续说道:"不是每个人都是华素年啊,我们丫头还是放不下他。希望小扎西的灵魂早日回家吧。"

众人默不作声,耳边传来嗒嗒的马蹄声,蓝堇时回来了。

蓝堇时的脸上带着笑容,身着一袭红衣冲进门,大声喊道:"凤英,凤英……"

凤英温柔地笑着,给蓝堇时端过去一碗黄蘑菇汤:"傻丫头,什么事情那么高兴?看看你,脸上还有雪,外面又下雪了吗?"

"一点小雪,根本不算什么,我打听到了,我终于打听到了……"蓝堇时像一个欢呼雀跃的孩子。

凤英笑问:"打听到什么事情了?你现在还有什么顾虑的,牧民都领上工资了,大家都生活稳定,一时之间也不会再返贫,日子只会越来越好的。"

"是华素年的事情。我听说,那天他没有摔下山崖,而是卡在了石头缝中。有个喇嘛给野生动物送草料时发现了他,把他救走了。可是大雪封山啊,不好出来的,所以他一直都在山里养伤。这是阿旺所修寺院的一个小喇嘛告诉我的,说他的师父捡到一个人,一定是华素年,一定是他!"蓝堇时激动得语无伦次,说话也没有逻辑了。

钟教授伸过来一个脑袋:"堇时,你说的是真的?真的是小扎西吗?"

"真的,真的,但是那个小喇嘛说,那个寺院很远,在雪山里,我们抽时间就去找找。"蓝堇时祈盼地看着凤英。

凤英温和地抚着蓝堇时的头发:"看看你头上顶的这一堆乱草,给你烧了热水洗洗,下午领导来检查,看看咱们村的脱贫工作进展如何。

如果真的有小扎西的消息，我们当然要去找一找。"

蓝堇时随手将包里的文件拿出来："现在直播带货还是很厉害的，去年的一百零八个贫困人口现在已经基本脱贫，但是收入还不算特别稳定，咱们还是得想想办法，凤英说得对，日子会越来越好的。"

翁姆做的牦牛毛编织包被钟教授的学生们看中了，非求着她再多做些，一人买上一个。她平时还能在中药材基地干点活儿，日子比住在帐篷里的时候好多了。

四月，高原的风悄然掠过，万物苏醒。

风马旗迎风飘动，村子里错落的树上挂着哈达，那是牧民对树的祝福，燃烧的藏香在村子里弥散，格萨尔弹唱艺人的故事还在继续。

蓝堇时向前来视察的领导们快速地讲解了村子里几个脱贫攻坚的项目："我们村子现在是三大项目与产业链相互支持，中药材种植基地是国家级的项目，合作社是我们省里的帮扶，我们村子又自发组织了'互联网+草原'的模式，每家每户都会根据自家的情况参与这几个项目，孩子们现在上学率是百分之百，医保也是百分之百……"蓝堇时拿出自己绘制的民情地图，那是一张被翻烂的牛皮纸。每家每户的情况都在牛皮纸上标得清清楚楚，几月几号，谁家签订了什么协议书，做了什么事情，大约有多少收入等。有些地方还贴了一层又一层的便签，这是她一年来的收获。

前来视察的领导们看见蓝堇时手里的那张自制民情地图，又看见她那双手，都备受触动。

蓝堇时看着村子里的一切，脸上绽开了笑容："基层工作虽然苦点累点，但是看着老人们老有所乐，看着年轻人们为了每一天的太阳与希望去奋斗，看着孩子们能穿着崭新的衣服在课堂上读书，很满足，很有成就感。"

"小蓝啊，这一趟你是来对了。你抓的这几个项目都非常好，要好好带领牧民奋斗，去建设生态文明的新农村。"老领导深有感触，不断地夸奖蓝堇时。

刚把一行人送走，蓝堇时就要骑马进山。她要去找华素年，一分钟都不能再等了。

凤英千叮咛万嘱咐："那么多山，里面那么多小小的寺院，你也不知道是哪个，他们没有手机，那里也没有信号，你可千万要小心啊！天黑了就回来，别跑太远了，现在冰雪还没有彻底融化，注意路滑。"

一天，两天，三天……

日子缓缓地过去，蓝堇时还没有找到华素年。山实在是太多了，寂静安宁的高山中藏着许多古老的寺院，远离村庄与人群，雪山之水流经的地方纯净无比，是修行的好地方。

华素年不在的日子，蓝堇时的工作也更加忙碌，村里大大小小的事情都需要她到场决策。

多吉结婚了，他是村子里第一个刚刚到结婚年龄就有媳妇的人。他本来想等华素年回来后再结婚，新娘那边却等不及，害怕错过了这个好青年。

阿旺把小卓嘎接回了自己的家，他用工资盖了一座房子，虽然不大，却很精致，小卓嘎高兴得直拍手。

老龙还是每天都在转山，看见来往的大车，他会伫立在原地，念着嘛呢，或是给停留的司机送上一些茶水、一条哈达和自己的祝福。

"我们这里的山高高的,一圈又一圈的盘山路很危险,你们来帮助我们振兴乡村,一定要注意安全啊,开车慢一点,再慢一点……"老龙不厌其烦地跟每一个过路司机说这些话。

老龙的身后,跟着那只放生羊,他们的身后,是老龙太太蹒跚的身影,她总说,有老龙的地方就是家。

第 35 章

星光璀璨

已经是五月了,青藏高原的春天才刚刚来临,凤英总是在安慰每一个前来打酒的失意者:"好好忍耐一段时间,咱们村子已经这么好了,春天来了,风吹大地,一切都会更好。"

宝莲与宝珠的直播间人气依然很旺,蓝堇时给他们布置了一个艰巨的任务,不仅要把奶制品、肉制品和手工艺品卖出去,还要做一些更有价值的事情。

"我还要走那么远啊?你也知道我是最懒的,直播太辛苦了。"宝珠一听就撂挑子不干了,半躺在椅子上。

宝莲对蓝堇时的所有想法都支持:"可以啊,我去,这是好事。"

"那你去,你一个人对着手机,你连手放在哪里都不知道,胆子那么小的人还敢玩直播。"宝珠不服气。

蓝堇时变得很严肃:"咱们村子有不少非物质文化遗产,丹玛老人的藏式腰刀，还有唐卡、藏绣……这些都是很有价值的东西，只要打开了市场，会有很多人喜欢的，而且价格会很不错，你就不能给帮个忙吗？"

一听价格不错，宝珠又动心了："行吧，我去直播，但是他们家也太远了吧，骑马还要那么长时间，太难了……"

"宝珠，我们一起去吧。堇时姐姐说得对，非遗很重要，我们要把我们草原上美好的东西都宣传到外面去。"宝莲拉住宝珠的衣袖。

宝珠看了一眼蓝堇时："行，你去跟丹玛老人谈吧。"

蓝堇时露出了笑容，宝莲也笑了起来："堇时姐姐，你知道吗？上次你直播给黄蘑菇带货，大家都说你是江源村最美书记，现在很多人上线的时候还要找你呢。你太厉害了，能给牛羊接生，马术又好，还能直播带货，简直就是全能，要不你也开一个账号，一定会有很多很多的粉丝。"

蓝堇时被他们夸得有些害羞，清了清嗓子继续说道："眼看着就要到我们的格萨尔文化旅游节了，咱们村也要办起来，能不能带动旅游就要看宝珠的直播了。如果真的人流量大，不到明年你的藏家乐就能做起来。夏天是旅游旺季，游客很多，咱们高原上有很多生态美食，还有很多民族特色项目……"

"堇时书记，放心，我一定好好直播，发挥我脸皮厚的特长，吸引越来越多的游客过来旅游。"宝珠被蓝堇时说得心情激动，当即就打包票。

蓝堇时笑得很开心，这么一算，今年牧民的确都有了生计和收入，过上了稳定的生活。

在草原上，只要开心，篝火晚会就会不知不觉地举办起来。

每次发工资的时候，大家都会高兴地点燃篝火，任凭风吹过，火星飘向夜空，草原上人声鼎沸。

蓝堇时端着一杯酒看着远方，也许在比远方更远的地方，华素年已经养好了伤。等想家的时候，会悄然而归，然后告诉大家，他回来了。

草原上空，星光璀璨。

凤英给蓝堇时斟满一杯酒："丫头啊，听说县里的领导表扬你了。你把我们江源村建设得很好，看看大家伙多高兴啊，光是今年结婚的大龄青年就有五六个，你真的给大家帮了大忙，我敬你一杯。"

蓝堇时举杯："来，凤英，谢谢你。让我们敬这个伟大的时代。"

让草原的生态更好、牧民更富裕，这条路还很长很长。篝火仍在燃烧，在这一片夜空下，蓝堇时睡着了。

愿在梦中能与亲人相见。

愿这高原上再也没有贫穷，愿这世间都吉祥如意。

扎西德勒！